名探偵《めいたんてい》コナン
迷宮《めいきゅう》の十字路《クロスロード》

から盗《ぬす》まれた仏《ぶつ》像《ぞう》…

有名《ゆうめい》な仏像《ぶつぞう》や美術品《びじゅつひん》ばかり盗《ぬす》む
窃盗団《せっとうだん》「源氏蛍《げんじぼたる》」のメンバーが
次々《つぎつぎ》に殺《ころ》された。

8年《ねん》前《まえ》に京《きょう》都《と》の名《めい》刹《さつ》

仏像《ぶつぞう》を盗《ぬす》んだのは
「源氏蛍《げんじぼたる》」なのか？
仏像《ぶつぞう》のありかを
示《しめ》す謎《なぞ》の絵《え》…

「この絵《え》の謎《なぞ》を解《と》けば、
仏像《ぶつぞう》の在《あ》り処《か》が判《わか》る」

謎《なぞ》を解《と》くために、
京《きょう》の町《まち》を探索《たんさく》する
コナンと平次《へいじ》は!?

が指《さ》し示《しめ》すのは?

コナンたちはお茶屋《ちゃや》で殺人事件《さつじんじけん》に遭遇《そうぐう》。
殺《ころ》された被害者《ひがいしゃ》はまたも「源氏蛍《げんじぼたる》」のメンバーと判明《はんめい》。
身辺《しんぺん》を探《さぐ》ると、ここでも同《おな》じ謎《なぞ》の絵《え》が!!

探索《たんさく》の最中《さいちゅう》、襲《おそ》われる平次《へいじ》。

追《お》いかけるコナンと

平次《へいじ》を振《ふ》り切《き》り、犯人《はんにん》は逃走《とうそう》…

そしてまた襲《おそ》われる平次《へいじ》。

和葉《かずは》を守《まも》るため犯人《はんにん》と対峙《たいじ》したが…!!

たどりついた答《こた》えは!?

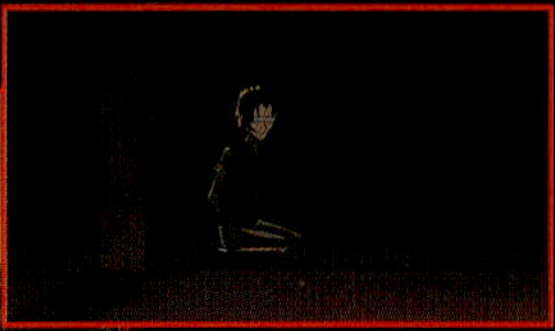

和葉《かずは》が人質《ひとじち》に!?

「娘《むすめ》は預《あず》かった…1時《じ》間《かん》後《ご》、
ひとりで玉《ぎょく》龍《りゅう》寺《じ》へ来《こ》い…」

コナンは、倒《たお》れた平次《へいじ》にかわって
和葉《かずは》を助《たす》けるため、
ひとり敵《てき》の本《ほん》拠《きょ》地《ち》へ!!

絵《え》の謎《なぞ》を解《と》いたふたりか

幼《おさ》いころの平次《へいじ》の思《おも》い出《で》、
源《げん》氏《じ》蛍《ほたる》、翁《おきな》の能面《のうめん》…
すべてがひとつにつながった、その時《とき》!!

江戸《えど》川《がわ》コナン
（工藤《くどう》新一《しんいち》）
Conan Edogawa

毛利《もうり》 蘭《らん》
Ran Mōri

毛利《もうり》小《こ》五《ご》郎《ろう》
Kogorō Mōri

服部《はっとり》平《へい》次《じ》
Heiji Hattori

遠《とお》山《やま》和《かず》葉《は》
Kazuha Tōyama

灰原《はいばら》 哀《あい》
Ai Haibara

名探偵コナン
迷宮の十字路《クロスロード》

水稀しま／著
青山剛昌／原作　古内一成／脚本

★小学館ジュニア文庫★

オレは高校生探偵《こうこうせいたんてい》、工藤新一《くどうしんいち》。

幼《おさな》なじみで同級生《どうきゅうせい》の毛利蘭《もうりらん》と遊園地《ゆうえんち》に遊《あそ》びに行《い》って、黒《くろ》ずくめの男《おとこ》の怪《あや》しげな取《と》り引《ひ》き現場《げんば》を目撃《もくげき》した。

取《と》り引《ひ》きを見《み》るのに夢中《むちゅう》になっていたオレは、背後《はいご》から近《ちか》づいてくるもう一人《ひとり》の仲間《なかま》に気《き》づかなかった。オレはその男《おとこ》に毒薬《どくやく》を飲《の》まされ、目《め》が覚《さ》めたら——体《からだ》が縮《ちぢ》んで子《こ》どもの姿《すがた》になっていた!!

工藤新一《くどうしんいち》が生《い》きているとヤツらにバレたら、また命《いのち》を狙《ねら》われ、周《まわ》りの人《ひと》にも危害《きがい》が及《およ》ぶ。だからオレは阿笠博士《あがさはかせ》の助言《じょげん》で正体《しょうたい》を隠《かく》すことにした。

蘭《らん》に名前《なまえ》を訊《き》かれてとっさに『江戸川《えどがわ》コナン』と名乗《なの》り、ヤツらの情報《じょうほう》をつかむために、父親《ちちおや》が探偵《たんてい》をやっている蘭《らん》の家《いえ》に転《ころ》がり込《こ》んだ。

阿笠博士《あがさはかせ》は小《ちい》さくなったオレのために、腕時計型麻酔銃《うでどけいがたますいじゅう》、蝶《ちょう》ネクタイ型変声機《がたへんせいき》、キック力増強《りょくぞうきょう》シューズなど、次々《つぎつぎ》とユニークなメカを作《つく》ってくれた。

ところで、オレの正体《しょうたい》を知《し》っている者《もの》が阿笠博士《あがさはかせ》の他《ほか》にもいる。

オレの両親《りょうしん》と、西《にし》の高校生探偵《こうこうせいたんてい》・服部平次《はっとりへいじ》。

彼《かれ》によれば、推理力《すいりりょく》と剣道《けんどう》の腕《うで》は大阪府警本部長《おおさかふけいほんぶちょう》の父親譲《ちちおやゆず》りで、度胸《どきょう》がいいのは母親譲《ははおやゆず》り、色黒《いろぐろ》なのは祖父譲《そふゆず》りらしい。

そして、同《おな》じ小学校《しょうがっこう》に通《かよ》っている灰原哀《はいばらあい》——本名《ほんみょう》は、宮野志保《みやのしほ》。彼女《かのじょ》は姉《あね》の宮野明美《みやのあけみ》と共《とも》に黒《くろ》ずくめの男《おとこ》たちの仲間《なかま》で、オレが飲《の》まされた毒薬《どくやく》『アポトキシン4869』を開発《かいはつ》した。ところが宮野明美《みやのあけみ》が組織《そしき》によって殺害《さつがい》され、そのことに反《はん》発《ぱつ》した灰原《はいばら》はオレが飲《の》まされたのと同《おな》じ薬《くすり》を飲《の》んで体《からだ》が縮《ちぢ》んでしまい、今《いま》はヤツらの目《め》を逃《のが》れるために阿笠博士《あがさはかせ》の家《いえ》に住《す》んでいる。

小《ちい》さくなっても頭脳《ずのう》は同《おな》じ。迷宮《めいきゅう》なしの名探偵《めいたんてい》。真実《しんじつ》はいつもひとつ！

1

「まるたけえびすにおしおいけ〜♪　よめさんろっかくたこにしき〜♪」

どこからか少女《しょうじょ》の歌声《うたごえ》が聞《き》こえてきて、寺《てら》の本堂《ほんどう》で気《き》を失《うしな》っていた少年《しょうねん》は目《め》を覚《さ》ました。

どのくらい眠《ねむ》っていたんだろう。

色黒《いろぐろ》の少年《しょうねん》は床《ゆか》に打《う》ちつけた後頭部《こうとうぶ》をさすりながら、格子窓《こうしまど》に近《ちか》づいた。窓《まど》の縦格子《たてごうし》が一本《いっぽん》だけポッキリと折《お》れている。少年《しょうねん》が窓《まど》の外《そと》を見《み》ようと飛《と》びついたときに折《お》れてしまい、少年《しょうねん》は落《お》ちて床《ゆか》に頭《あたま》を打《う》って気絶《きぜつ》してしまったのだ。

「しあやぶったかまつまんごじょう♪　せったちゃらちゃらうおのたな♪」

歌声《うたごえ》は外《そと》から聞《き》こえてきて、少年《しょうねん》は再《ふたた》び格子《こうし》に飛《と》びついて外《そと》をのぞいた。

すると、巨大《きょだい》な枝垂桜《しだれざくら》の下《した》で、赤《あか》い着物姿《きものすがた》の少女《しょうじょ》が鞠《まり》をついていた。

「ろくじょうひっちょうとおりすぎ♪　はっちょうこえればとうじみち♪」

桜《さくら》の花《はな》びらが舞《ま》い散《ち》る中《なか》、少女《しょうじょ》は手鞠唄《てまりうた》を口《くち》ずさみながら、熱心《ねっしん》に鞠《まり》をついている。

その唇《くちびる》にはうっすらと紅《べに》が引《ひ》かれ、その愛《あい》くるしい顔《かお》を見《み》たとたん、少年《しょうねん》の胸《むね》がドキンと高鳴《たかな》った。

「くじょうおおじでとどめさす〜♪」

そのとき——強《つよ》い風《かぜ》が吹《ふ》いて、少年《しょうねん》は思《おも》わず目《め》をつぶった。そしてすぐに目《め》を開《あ》ける。

すると、そこに少女《しょうじょ》の姿《すがた》はなかった。

「え……？」

少年《しょうねん》は驚《おどろ》いて格子窓《こうしまど》から下《お》り、靴《くつ》も履《は》かずに本堂《ほんどう》から飛《と》び出《だ》した。

枝垂桜《しだれざくら》の下《した》に走《はし》ってきたが、やはりそこに少女《しょうじょ》の姿《すがた》はなく、周囲《しゅうい》を捜《さが》したが誰《だれ》もいない。

少年《しょうねん》はがっかりして息《いき》をついた。

すると、足元《あしもと》に桜《さくら》の花《はな》びらに混《ま》じって何《なに》かが落《お》ちているのに気《き》がついた。

それは、小《ちい》さな水晶玉《すいしょうだま》だった。拾《ひろ》い上《あ》げた手《て》の中《なか》で、キラキラと輝《かがや》いている。

もしかして、あの女《おんな》の子《こ》が落《お》としていったもの……？

少年《しょうねん》は大切《たいせつ》そうにその水晶玉《すいしょうだま》をギュッと握《にぎ》りしめると、優雅《ゆうが》に枝《えだ》を垂《た》らして咲《さ》き誇《ほこ》る枝《し》垂桜《だれざくら》を見上《みあ》げた。

2

夕暮《ゆうぐ》れ時《どき》の米花駅前《べいかえきまえ》は、帰途《きと》を急《いそ》ぐサラリーマンや買《か》い物帰《ものがえ》りの主婦《しゅふ》がせわしなく歩《ある》いていた。コナンは高架下《こうかした》のコーヒーショップの前《まえ》にある公衆電話《こうしゅうでんわ》の受話器《じゅわき》を取《と》った。

〈江戸川《えどがわ》コナン〉として蘭《らん》の家《いえ》に転《ころ》がり込《こ》んでから、コナンは定期的《ていきてき》に新一《しんいち》の声《こえ》で蘭《らん》に電話《でんわ》をかけていた。

『……じゃあ、まだ当分帰《とうぶんかえ》れないのね』

受話器《じゅわき》の向《む》こうから蘭《らん》の残念《ざんねん》そうな声《こえ》が聞《き》こえてきて、コナンは「ああ」とうなずいた。

「事件《じけん》の調査《ちょうさ》で忙《いそが》しくてな」

電話《でんわ》をしているコナンの前《まえ》を、若《わか》い女性《じょせい》が通《とお》り過《す》ぎていく。まだ四月《しがつ》の肌寒《はだざむ》い時期《じき》だというのに、丈《たけ》の短《みじか》い半袖《はんそで》シャツとミニスカートの間《あいだ》からヘソが丸見《まるみ》えで、コナンは思《おも》わず目《め》で追《お》った。

『そう……ここんとこ寒《さむ》い日《ひ》が続《つづ》いているから、体《からだ》に気《き》をつけなさいよ』

「オメーも、腹《はら》出《だ》して寝《ね》るんじゃねーぞ」

ヘソ出《だ》しルックの女性《じょせい》を見《み》ていたコナンが言《い》うと、『なっ……!?』と蘭《らん》の驚《おどろ》いた声《こえ》が聞《き》こえてきた。

「腹《はら》なんて出《だ》して寝《ね》てないわよ！　バカ!!」

毛利探偵事務所《もうりたんていじむしょ》で電話《でんわ》に出《で》ていた蘭《らん》は頬《ほお》を赤《あか》くしながら、顔《かお》から受話器《じゅわき》を離《はな》して叫《さけ》んだ。

すると突然《とつぜん》、ソファでビールを飲《の》んで酔《よ》っ払《ぱら》った小五郎《こごろう》が「吉野山《よしのやま》～♪」と歌《うた》を詠《よ》み始《はじ》めた。

「峯《みね》の白雪踏《しらゆきふ》み分《わ》けて～、入《い》りにし人《ひと》の跡《あと》ぞ恋《こい》しき～か？」

それは、静御前《しずかごぜん》が生《い》き別《わか》れた夫《おっと》の源義経《みなもとのよしつね》を慕《した》う歌《うた》だった。兄《あに》の頼朝《よりとも》と対立《たいりつ》して追《お》われる身《み》になった義経《よしつね》と吉野山《よしのやま》で別《わか》れ、頼朝《よりとも》の追《お》っ手《て》に捕《と》らえられた静御前《しずかごぜん》は頼朝《よりとも》に命《めい》じられて扇《おうぎ》を手《て》に舞《ま》いながら、この歌《うた》を詠《うた》ったのだ。

「義経《よしつね》と静御前《しずかごぜん》じゃあるめ～し！」

蘭《らん》と新一《しんいち》の電話《でんわ》を聞《き》いていた小五郎《こごろう》は鼻《はな》で笑《わら》うと、再《ふたた》びビールを飲《の》み始《はじ》めた。

「何《なに》よぉ！　幼《おさな》なじみなんだから心配《しんぱい》したっていーじゃない！」

ムッとした蘭《らん》は「お父《とう》さんがうるさいから切《き》るね」とさっさと電話《でんわ》を切《き》った。


「あ、おい！」

いきなり電話《でんわ》を切《き》られたコナンは慌《あわ》てて呼《よ》びかけたが、ツーツーと終話音《しゅうわおん》がむなしく鳴《な》り響《ひび》くだけだった。

「……ったくう。今度《こんど》はおっちゃんのいねーときにかけねーとな」

うらめしそうに受話器《じゅわき》を見《み》つめてフックに戻《もど》すと、ふと小五郎《こごろう》の言葉《ことば》を思《おも》い出《だ》して「義《よし》経《つね》と静御前《しずかごぜん》……？」と眉《まゆ》を寄《よ》せる。

「あの二人《ふたり》って、別《わか》れた後《あと》、二度《にど》と会《あ》えなかったんじゃ……」

コナンは（おいおい）と心《こころ》の中《なか》で突《つ》っ込《こ》みながら苦笑《にがわら》いをした。

おっちゃんのヤツ、単純《たんじゅん》にからかって言《い》っただけだろうけど、縁起《えんぎ》でもねーぞ！

その夜《よ》。

東京《とうきょう》・西国立市《にしくにたちし》のとある神社《じんじゃ》の境内《けいだい》に三人《さんにん》の男《おとこ》が集《あつ》まっていた。

うっそうと茂《しげ》る木々《きぎ》に囲《かこ》まれた神社《じんじゃ》は闇《やみ》と静《しず》けさに包《つつ》まれ、木造倉庫《もくぞうそうこ》の前《まえ》で座《すわ》り込《こ》んでいた亀井六郎《かめいのろくろう》（35）はライターを取《と》り出《だ》し、口《くち》にくわえたタバコに火《ひ》をつけた。ベージュ色《いろ》の帽子《ぼうし》をかぶった目《め》つきの鋭《するど》い顔《かお》が、ライターの炎《ほのお》で浮《う》かび上《あ》がる。

亀井《かめい》の右隣《みぎどなり》に立《た》っていた片岡八郎《かたおかのはちろう》（34）は、ベージュ色《いろ》の手袋《てぶくろ》をめくって腕時計《うでどけい》を見《み》た。左隣《ひだりどなり》の鷲尾七郎《わしのおのしちろう》（35）はベージュ色《いろ》のマフラーを首《くび》に巻《ま》き、落《お》ち着《つ》かない様子《ようす》でキョロキョロと境内《けいだい》を見回《みまわ》している。三人《さんにん》はそれぞれ同《おな》じ緋色《ひいろ》の本《ほん》を持《も》っていた。

「おせーな、弁慶《べんけい》のヤツ」

亀井《かめい》が苛立《いらだ》ったようにタバコを捨《す》てて立《た》ち上《あ》がると、鷲尾《わしのお》は「ああ」とうなずいた。

「謎《なぞ》は解《と》いたと言《い》っていたが……」

「ヤツが一番《いちばん》こいつに熱心《ねっしん》だったからな」

片岡《かたおか》は持《も》っていた本《ほん》の間《あいだ》から二《ふた》つ折《お》りにした紙《かみ》を取《と》り出《だ》した。

その紙《かみ》にはひな壇《だん》のようなものが描《えが》かれていた。さらにその五《いつ》つの段《だん》の上《うえ》や側面《そくめん》に、セミや金魚《きんぎょ》、天狗《てんぐ》などの様々《さまざま》な絵《え》が描《えが》かれている。

そのとき、本殿《ほんでん》の方《ほう》から闇《やみ》を切《き》り裂《さ》くような鋭《するど》い風切《かざき》り音《おん》がして、片岡《かたおか》は顔《かお》を上《あ》げた。

「ぐわぁっ!!」

鋭《するど》い矢《や》が胸《むね》に突《つ》き刺《さ》さり、片岡《かたおか》は木造倉庫《もくぞうそうこ》の手《て》すりを背《せ》にしてズルズルと崩《くず》れ落《お》ちた。

「片岡《かたおか》!!」

亀井《かめい》と鷲尾《わしのお》が驚《おどろ》いて駆《か》け寄《よ》ると、片岡《かたおか》の胸《むね》には白《しろ》い羽根《はね》の矢《や》が突《つ》き刺《さ》さっていた。慌《あわ》てて矢《や》が飛《と》んできた本殿《ほんでん》の方《ほう》を見《み》る。すると、翁《おきな》の面《めん》をつけた袴姿《はかますがた》の人物《じんぶつ》が刀《かたな》を抜《ぬ》きながらまっすぐに向《む》かってきた。

その刀《かたな》が一瞬《いっしゅん》にして二人《ふたり》を斬《き》りつけたかと思《おも》うと、二人《ふたり》は同時《どうじ》に大《おお》きくのけぞるようにその場《ば》に倒《たお》れた。

翁《おきな》の面《めん》をつけた人物《じんぶつ》は刀《かたな》についた血《ち》をピュッ、ピュッと振《ふ》り払《はら》うと、鞘《さや》に刀《かたな》を収《おさ》めた。

そして、地面《じめん》に落《お》ちていた三冊《さんさつ》の緋色《ひいろ》の本《ほん》を拾《ひろ》い上《あ》げ、表紙《ひょうし》に書《か》かれた『義経記《ぎけいき》』の文字《もじ》をジッと見《み》つめると、悠然《ゆうぜん》と立《た》ち去《さ》っていった。

大阪《おおさか》・寝屋川市《ねやがわし》にあるたこ焼き屋《や》〈たこ平《へい》〉の前《まえ》の通《とお》りは、深夜《しんや》になると人気《ひとけ》はほとんどなく、ときおり車《くるま》が通《とお》り過《す》ぎていくだけだった。

シャッターが閉《し》められた店内《てんない》に残《のこ》っていた主人《しゅじん》・備前平四郎《びぜんのへいしろう》（35）はいきなり胸《むね》を短刀《たんとう》で刺《さ》され、カウンターの椅子《いす》をはじきながら床《ゆか》に崩《くず》れ落《お》ちた。

短刀《たんとう》を突《つ》き立《た》てたのは、翁《おきな》の面《めん》をつけた袴姿《はかますがた》の人物《じんぶつ》だった。

床《ゆか》に倒《たお》れたままピクリとも動《うご》かない備前《びぜん》を見《み》やると、カウンターに置《お》かれた『義経記《ぎけいき》』に目《め》を向《む》ける。本《ほん》の横《よこ》には、ひな壇《だん》が描《えが》かれた紙《かみ》が置《お》かれていた。

その人物《じんぶつ》は本《ほん》と紙《かみ》の両方《りょうほう》を手《て》に取《と》り、店《みせ》の裏口《うらぐち》から出《で》ていった。

京都《きょうと》・東山区《ひがしやまく》。

まだ夜《よ》が明《あ》けきらない頃《ころ》、町家《まちや》が並《なら》ぶ通《とお》りを新聞配達《しんぶんはいたつ》のバイクが走《はし》っていった。

町家《まちや》を改装《かいそう》した〈スナック　ジロー〉は、表《おもて》に置《お》かれた看板《かんばん》の明《あ》かりが消《き》え、客《きゃく》のいない店内《てんない》も照明《しょうめい》がいくらか落《お》とされて薄暗《うすぐら》くなっている。

営業《えいぎょう》を終《お》えたスナックの店主《てんしゅ》・駿河次郎《するがのじろう》（32）はテーブルに『義経記《ぎけいき》』とひな壇《だん》が描《えが》か

れた紙《かみ》を置《お》き、ある人物《じんぶつ》を待《ま》っていた。

するとそこに現《あらわ》れたのは、翁《おきな》の面《めん》をつけた袴姿《はかますがた》の人物《じんぶつ》だった。

一瞬《いっしゅん》にして背中《せなか》を斬《き》りつけられた駿河《するが》は、カウンターに倒《たお》れてそのままズルズルと床《ゆか》に滑《すべ》り落《お》ちた。

翁《おきな》の面《めん》をつけた人物《じんぶつ》は腰《こし》につけた鞘《さや》に刀《かたな》を収《おさ》めると、テーブルに置《お》かれた『義経記《ぎけいき》』と紙《かみ》を手《て》に取《と》った。そして確認《かくにん》するようにしばし見《み》つめると、やがて足音《あしおと》をたてず静《しず》かに去《さ》っていった。

3

数日後《すうじつご》。

警視庁《けいしちょう》の記者会見室《きしゃかいけんしつ》では、大勢《おおぜい》のマスコミを前《まえ》に目暮十三警部《めぐれじゅうぞうけいぶ》たちが会見《かいけん》を開《ひら》いていた。

演台《えんだい》には目暮《めぐれ》の他《ほか》に白鳥任三郎警部《しらとりにんざぶろうけいぶ》、京都府警《きょうとふけい》の綾小路文麿警部《あやのこうじふみまろけいぶ》、大阪府警《おおさかふけい》の大滝悟郎《おおたきごろう》警部《けいぶ》が並《なら》んでいる。

「えー、捜査《そうさ》の結果《けっか》、東京《とうきょう》、大阪《おおさか》、京都《きょうと》で殺害《さつがい》された五人《ごにん》は、盗賊団《とうぞくだん》〈源氏蛍《げんじぼたる》〉のメンバーであることが判明《はんめい》しました」

目暮《めぐれ》の言葉《ことば》に記者《きしゃ》たちが一斉《いっせい》にざわつくと、演台《えんだい》のそばで警備《けいび》についていた高木渉巡査《たかぎわたるじゅんさ》部長《ぶちょう》は隣《となり》の佐藤美和子警部補《さとうみわこけいぶほ》に「佐藤《さとう》さん」と小声《こごえ》で話《はな》しかけた。

「あの京都府警《きょうとふけい》の綾小路警部《あやのこうじけいぶ》は、白鳥警部《しらとりけいぶ》の同期《どうき》だそうですね」

「ええ、旧公家出身《きゅうくげしゅっしん》であだ名《な》は『おじゃる警部《けいぶ》』。ほら、左《ひだり》のポケット」

高木《たかぎ》が綾小路《あやのこうじ》のスーツの左《ひだり》ポケットを見《み》ると、シマリスがひょこっと顔《かお》を出《だ》してキョロキョロと周囲《しゅうい》を見回《みまわ》した。

「な、何《なん》ですか、あれ？」

「ペットのシマリス……いつも連《つ》れて歩《ある》いているそうよ。白鳥君《しらとりくん》以上《いじょう》の変人《へんじん》ね」

今回《こんかい》の事件《じけん》が警視庁《けいしちょう》、京都府警《きょうとふけい》、大阪府警《おおさかふけい》の合同捜査《ごうどうそうさ》になることを目暮《めぐれ》が告《つ》げると、白《しら》鳥《とり》が〈源氏蛍《げんじぼたる》〉について説明《せつめい》を始《はじ》めた。

「〈源氏蛍《げんじぼたる》〉は平成三年頃《へいせいさんねんごろ》から、東京《とうきょう》、京都《きょうと》、大阪《おおさか》を中心《ちゅうしん》に、有名《ゆうめい》な仏像《ぶつぞう》や美術品《びじゅつひん》の窃盗《せっとう》を続《つづ》けてきました。彼《かれ》らの特徴《とくちょう》はメンバーが皆《みな》、義経《よしつね》の家来《けらい》の名《な》で呼《よ》ばれ、同《おな》じ『義経《ぎけい》記《き》』を所持《しょじ》していることです」

白鳥《しらとり》のかざす『義経記《ぎけいき》』に、カメラマンたちが一斉《いっせい》にカメラのフラッシュをたく。すると、白鳥《しらとり》の横《よこ》に座《すわ》った綾小路《あやのこうじ》がマイクに口《くち》を近《ちか》づけた。

「首領《しゅりょう》は義経《よしつね》。以下《いか》、弁慶《べんけい》、駿河次郎《するがのじろう》、伊勢三郎《いせのさぶろう》、備前平四郎《びぜんのへいしろう》、亀井六郎《かめいのろくろう》、鷲尾七郎《わしのおのしちろう》、片岡八郎《かたおかのはちろう》の全部《ぜんぶ》で八名《はちめい》……今回《こんかい》はそのうちの五名《ごめい》が殺害《さつがい》され、『義経記《ぎけいき》』を持《も》ち去《さ》られていることがわかりました」

「犯人《はんにん》の手《て》がかりは？」

一人《ひとり》の記者《きしゃ》が手《て》を上《あ》げて質問《しつもん》をすると、大滝《おおたき》が口《くち》を開《ひら》いた。

「剣《けん》と弓《ゆみ》の達人《たつじん》っちゅうことは確《たし》かですが、義経《よしつね》、弁慶《べんけい》、伊勢三郎《いせのさぶろう》に関《かん》しては年齢《ねんれい》も性別《せいべつ》もわかってないんですわ」

両手《りょうて》を上《あ》げてため息《いき》交《ま》じりに答《こた》える大滝《おおたき》の横《よこ》で、目暮《めぐれ》は決意《けつい》の表情《ひょうじょう》を見《み》せた。

「いずれにしろ、一刻《いっこく》も早《はや》く犯人《はんにん》および盗賊団《とうぞくだん》の残《のこ》りのメンバーを逮捕《たいほ》すべく、鋭意捜査《えいいそうさ》を続《つづ》ける所存《しょぞん》です！」

演台《えんだい》に並《なら》ぶ目暮《めぐれ》たちに再《ふたた》びカメラのフラッシュがたかれ、佐藤《さとう》と高木《たかぎ》も顔《かお》を見合《みあ》わせて小《ちい》さくうなずいた。


警視庁《けいしちょう》での記者会見後《きしゃかいけんご》、テレビや週刊誌《しゅうかんし》はこぞって盗賊団《とうぞくだん》〈源氏蛍《げんじぼたる》〉の特集《とくしゅう》を組《く》み、その名前《なまえ》は一気《いっき》に世間《せけん》に知《し》れ渡《わた》ることになった。

「平成《へいせい》の義経《よしつね》は、盗賊団《とうぞくだん》のお頭《かしら》……か」

ベッドに寝転《ねころ》んで週刊誌《しゅうかんし》を読《よ》んでいた服部平次《はっとりへいじ》はむくりと起《お》き上《あ》がると、洋服《ようふく》ダンスにかかったブルゾンを取《と》り出《だ》して羽織《はお》った。そして机《つくえ》に向《む》かい、引《ひ》き出《だ》しを開《あ》けて小《ちい》さな巾《きん》着《ちゃく》を取《と》り出《だ》す。

巾着《きんちゃく》に入《はい》っていたのは、豆《まめ》つぶ大《だい》の水晶玉《すいしょうだま》だった。

手《て》のひらに水晶玉《すいしょうだま》を載《の》せた平次《へいじ》は切《せつ》なそうに見《み》つめると、窓《まど》の外《そと》に目《め》をやった。自宅《じたく》の庭《にわ》に植《う》えられた桜《さくら》が満開《まんかい》を迎《むか》え、風《かぜ》が吹《ふ》くたびにはらはらとその花《はな》びらを散《ち》らしていく。

この季節《きせつ》になると、平次《へいじ》は小学三年《しょうがくさんねん》の春《はる》の出来事《できごと》を思《おも》い出《だ》す。

あのときも、こんなふうに桜《さくら》の花《はな》びらが舞《ま》い散《ち》っていた……。

「平次《へいじ》、いてる⁉」

いきなり戸《と》が勢《いきお》いよく開《あ》いて、平次《へいじ》はビクッと振《ふ》り返《かえ》った。その拍子《ひょうし》に手《て》に持《も》っていた水晶玉《すいしょうだま》が床《ゆか》に落《お》ち、部屋《へや》に入《はい》ってきた幼《おさな》なじみの遠山和葉《とおやまかずは》の足元《あしもと》に転《ころ》がった。

「アカンやん。大事《だいじ》なモノなんやろ、これ」

「そ、そやな。ちゃんとしまっとかんと……」

和葉《かずは》から水晶玉《すいしょうだま》を受《う》け取《と》った平次《へいじ》は、慌《あわ》てて隠《かく》すように水晶玉《すいしょうだま》を巾着《きんちゃく》に入《い》れ、ブルゾンのポケットにしまった。

「平次《へいじ》、出《で》かけるん？」

「ああ、ちょっと調《しら》べたいことがあってな。あ、何《なん》か用《よう》やったんか？」

和葉《かずは》は「あ、ううん」と首《くび》を横《よこ》に振《ふ》った。

「友呂岐緑地《ともろぎりょくち》に桜見《さくらみ》に行《い》かへんかなと思《おも》って……けど、ええわ」

「そうか……ほな、ちょっと行《い》ってくるわ」

「気《き》ィつけてなぁ」

平次《へいじ》は机《つくえ》に置《お》いてあった野球帽《やきゅうぼう》をズボンのポケットに入《い》れると部屋《へや》を出《で》ていき、笑顔《えがお》で見送《みおく》った和葉《かずは》はムッと頬《ほお》をふくらませた。

「何《なん》でアタシが笑顔《えがお》で見送《みおく》らなアカンのん！」

おまけにあんな物《もの》、いまだに大事《だいじ》そうに持《も》ってるなんて……！

何《なん》だか無性《むしょう》に腹《はら》が立《た》って、和葉《かずは》は開《ひら》きっぱなしになった机《つくえ》の引《ひ》き出《だ》しを蹴《け》って閉《し》めた。


新幹線《しんかんせん》に乗《の》って京都《きょうと》にやってきた鈴木園子《すずきそのこ》は、京都駅《きょうとえき》を出《で》るなり立《た》ち止《ど》まって空《そら》を仰《あお》いだ。

「やっぱり京都《きょうと》は、わたしたち日本人《にほんじん》のふるさとよねぇ!!」

蘭《らん》とコナンが苦笑《にがわら》いする横《よこ》で、小五郎《こごろう》は「いいか！」と三人《さんにん》をジロリとにらむ。

「特別《とくべつ》に連《つ》れてきてやったんだから、仕事《しごと》の邪魔《じゃま》すんじゃねーぞ!!」

「は〜い！」

素直《すなお》に返事《へんじ》をする蘭《らん》とコナンの後《うし》ろで、園子《そのこ》は横《よこ》を向《む》きながら「はぁーい」と適当《てきとう》に返《かえ》した。


「いいなぁ、コナン君《くん》、京都《きょうと》かぁ……」

小嶋元太《こじまげんた》、円谷光彦《つぶらやみつひこ》と共《とも》に阿笠博士《あがさはかせ》の家《いえ》に来《き》ていた吉田歩美《よしだあゆみ》は、ソファに座《すわ》ってうらやましそうにつぶやいた。向《む》かいのソファでは灰原《はいばら》がパソコン雑誌《ざっし》を読《よ》んでいて、トレイを持《も》った阿笠博士《あがさはかせ》がジュースをテーブルに置《お》いた。

「なんでも、山能寺《さんのうじ》という寺《てら》から、毛利君《もうりくん》に依頼《いらい》が来《き》たそうじゃ」

「チェッ！　オレたちも京都《きょうと》行《い》きてーぞ！」

ジュースを受《う》け取《と》った元太《げんた》が言《い》うと、阿笠博士《あがさはかせ》は「う〜ん」とあごに手《て》をやった。

「わしが連《つ》れてってやってもいいんじゃがなぁ……」

「えー!?」

「ホントですか⁉」

「コナン君《くん》に会《あ》えるっ！」

子《こ》どもたちが大喜《おおよろこ》びして「京都《きょうと》、京都《きょうと》、明日《あした》は京都《きょうと》♪」とすっかり行《い》く気《き》になっていると、阿笠博士《あがさはかせ》は「ただし」と意味《いみ》ありげに微笑《ほほえ》んだ。

「クイズに答《こた》えられたらじゃがな！」

とたんに子《こ》どもたちから笑《え》みが消《き》え、ガックリと肩《かた》を落《お》とす。

「これだよ」

「どうせ、その気《き》はないんですよね」

元太《げんた》と光彦《みつひこ》がぼやくと、灰原《はいばら》が「いいんじゃない」と口《くち》を開《ひら》いた。

「出《だ》してもらったら？　時間《じかん》つぶしにはなるかもよ」

子《こ》どもたちは雑誌《ざっし》をめくる灰原《はいばら》を見《み》て、顔《かお》を見合《みあ》わせた。

「どうする？」

「やってみようよ」

「そ、そうですね」

子《こ》どもたちが乗《の》り気《き》になると、阿笠博士《あがさはかせ》はコッホンと咳払《せきばら》いをした。

「三人《さんにん》とも、弁慶《べんけい》は知《し》ってるな？」

「うん。義経《よしつね》の家来《けらい》だよね！」

歩美《あゆみ》の答《こた》えを聞《き》いて、元太《げんた》は「おい」と光彦《みつひこ》に顔《かお》を近《ちか》づけた。

「義経《よしつね》って誰《だれ》だ？」

「幼名《ようめい》、牛若丸《うしわかまる》。京都《きょうと》の五条大橋《ごじょうおおはし》で千本目《せんぼんめ》の刀《かたな》を狙《ねら》ってた弁慶《べんけい》を打《う》ち負《ま》かして、家来《けらい》にしたのが源義経《みなもとのよしつね》ですよ。当時《とうじ》は源氏《げんじ》と平家《へいけ》が戦《たたか》っていて、義経《よしつね》は平家《へいけ》を打《う》ち破《やぶ》ったんですが、お兄《にい》さんの頼朝《よりとも》に嫌《きら》われ、今《いま》の岩手県《いわてけん》、平泉《ひらいずみ》の衣川《ころもがわ》というところで自害《じがい》したんです」

「ほぉ、よく知《し》っとるな」

詳《くわ》しく説明《せつめい》する光彦《みつひこ》に感心《かんしん》した阿笠博士《あがさはかせ》は、「そこで問題《もんだい》じゃ！」とクイズを出《だ》した。

「弁慶《べんけい》には〈うずね〉という初恋《はつこい》の人《ひと》がおって、その娘《むすめ》が他《ほか》の男《おとこ》と結婚《けっこん》することになった。それを知《し》った弁慶《べんけい》は……一《いち》、怒《おこ》った。二《に》、喜《よろこ》んだ。三《さん》、泣《な》いた。さぁ、どれかな？」

「えー、初恋《はつこい》の人《ひと》かぁ……」

歩美《あゆみ》はコナンを思《おも》い浮《う》かべて、フフッと頬《ほお》を染《そ》めた。それを見《み》た元太《げんた》と光彦《みつひこ》がムッとして、阿笠博士《あがさはかせ》に抗議《こうぎ》する。

「そ、そりゃ、怒《おこ》りますよ！」

「喜《よろこ》ぶわけねーじゃねーか!!」

「じゃあ答《こた》えは一番《いちばん》の〈怒《おこ》った〉じゃな?」

阿笠博士《あがさはかせ》が嬉《うれ》しそうに確認《かくにん》すると、

「〈泣《な》いた〉」

灰原《はいばら》が雑誌《ざっし》をめくりながらつぶやいた。その答《こた》えに阿笠博士《あがさはかせ》が思《おも》わず「ゲッ」と声《こえ》をもらし、子《こ》どもたちはきょとんと灰原《はいばら》を見《み》る。

「答《こた》えは三番《さんばん》の〈泣《な》いた〉、『弁慶《べんけい》の泣《な》き所《どころ》』から考《かんが》えたんでしょ?」

「もぉ……かなわんのぉ、哀君《あいくん》には……」

阿笠博士《あがさはかせ》が苦笑《にがわら》いをすると、歩美《あゆみ》は「『弁慶《べんけい》の泣《な》き所《どころ》』って?」と光彦《みつひこ》にたずねた。

「弁慶《べんけい》のように強《つよ》い者《もの》でも、一箇所《いっかしょ》だけ、蹴《け》られれば泣《な》くほど痛《いた》い部分《ぶぶん》があるんです。ここ!」

得意《とくい》げに説明《せつめい》をした光彦《みつひこ》は、ズボンの裾《すそ》をめくって膝《ひざ》から足首《あしくび》までの前面部分《ぜんめんぶぶん》を指差《ゆびさ》した。

「向《む》こうずねが『弁慶《べんけい》の泣《な》き所《どころ》』なんです!」

「でもよぉ、それがクイズの問題《もんだい》とどう関係《かんけい》あるんだ?」

「あ、それはですねぇ……」

光彦《みつひこ》が元太《げんた》の突《つ》っ込《こ》みに答《こた》えられないでいると、歩美《あゆみ》が「わかったぁ！」と手《て》を打《う》った。

「結婚《けっこん》するのは、お婿《むこ》さんとうずねさんよ！『むことうずね』、『むこ、うずね』！」

歩美《あゆみ》の説明《せつめい》に、光彦《みつひこ》と元太《げんた》はガクッとソファをずり落《お》ちた。

「あ、ああ……」


「またダジャレかよぉ……」

「でも、正解《せいかい》したんだから、わたしたち京都《きょうと》に行《い》けるよ！」

歩美《あゆみ》が喜《よろこ》んでいると、阿笠博士《あがさはかせ》は「あ、いや」と慌《あわ》てて手《て》を伸《の》ばした。

「答《こた》えたのは哀君《あいくん》じゃから……」

「灰原《はいばら》さんは、わたしたち少年探偵団《しょうねんたんていだん》の仲間《なかま》よ！」

「灰原《はいばら》さんを仲間《なかま》はずれにしないでください！」

「約束《やくそく》を破《やぶ》る大人《おとな》にだけはなるなって、母《かあ》ちゃん言《い》ってたぞ‼」

ソファから立《た》ち上《あ》がって抗議《こうぎ》する子《こ》どもたちに、阿笠博士《あがさはかせ》が「あう……」とたじろぎ、
灰原《はいばら》はクスリと笑《わら》った。

小五郎《こごろう》たちを乗せ《の》たタクシーは京都市内《きょうとしない》の小川通《おがわどおり》を直進《ちょくしん》し、六角通《ろっかくどおり》を横切《よこぎ》ったところにある門《もん》の前《まえ》で停《と》まった。

『山能寺《さんのうじ》』と書《か》かれた古《ふる》い門《もん》をくぐって境内《けいだい》を進《すす》むと、本堂《ほんどう》の前《まえ》で数人《すうにん》の男《おとこ》たちが何《なに》やら雑談《ざつだん》をしていて、

「おお、毛利《もうり》さん！」

小五郎《こごろう》に気《き》づいた僧侶《そうりょ》が近《ちか》づいてきた。

「遠《とお》いとこ、ようおいでくださいました！　私《わたし》、お電話《でんわ》を差《さ》し上《あ》げた竜円《りゅうえん》です」

目鼻立《めはなだ》ちが大《おお》きく体格《たいかく》もがっしりとした竜円《りゅうえん》（34）は、嬉《うれ》しそうに両手《りょうて》で小五郎《こごろう》の手《て》を握《にぎ》りしめると、頭《あたま》を深々《ふかぶか》と下《さ》げた。そして、後方《こうほう》にいるあごひげを生《は》やした法衣姿《ほうえすがた》の老人《ろうじん》を振《ふ》り返《かえ》る。

「ご紹介《しょうかい》します、住職《じゅうしょく》の円海《えんかい》です」

円海《えんかい》（65）は胸《むね》の前《まえ》で手《て》を合《あ》わせると軽《かる》く頭《あたま》を下《さ》げ、竜円《りゅうえん》は続《つづ》けて「こちらの三人《さんにん》はうちの檀家《だんか》の方《かた》たちです」と右横《みぎよこ》にいる三人《さんにん》の男性《だんせい》を紹介《しょうかい》した。

「桜正造《さくらしょうぞう》さん、寺町通《てらまちどおり》で古美術店《こびじゅつてん》を経営《けいえい》してはります」

「あんたがあの有名《ゆうめい》な、毛利小五郎《もうりこごろう》はんか」

紫《むらさき》のダブルのスーツに身《み》を包《つつ》んだ小太《こぶと》りの男《おとこ》、桜正造《さくらしょうぞう》（51）は、少《すこ》し下《さ》がったメガネから爬虫類《はちゅうるい》のような目《め》をギョロリとのぞかせた。

「あ、いや～、そんなに有名《ゆうめい》っスかー？」

小五郎《こごろう》が嬉《うれ》しそうに頭《あたま》をかくと、竜円《りゅうえん》は桜正造《さくらしょうぞう》の隣《となり》に立《た》っていた着物姿《きものすがた》の男《おとこ》を手《て》で示《しめ》した。

「お隣《となり》が、能《のう》の水尾流《みずおりゅう》の若《わか》き宗家《そうけ》、水尾春太郎《みずおしゅんたろう》さん」

切《き》れ長《なが》な目《め》に鼻筋《はなすじ》が通《とお》った和風顔《わふうがお》の水尾春太郎《みずおしゅんたろう》（33）が、ゆっくりと頭《あたま》を下《さ》げる。

「そして、古書店《こしょてん》をやってはる、西条大河《さいじょうたいが》さん」

「よろしゅうたのんます」

三人《さんにん》の中《なか》で一番背《いちばんせ》が高《たか》い西条大河《さいじょうたいが》（35）は、長《なが》いあごのおかげでかけている丸《まる》メガネが何《なん》だかずいぶん小《ちい》さく見《み》える。

全員《ぜんいん》の紹介《しょうかい》が終《お》わると、円海《えんかい》は「まあ、檀家《だんか》というより、剣道仲間《けんどうなかま》ですなあ」と笑《わら》った。

「ほぉ、皆《みな》さん剣道《けんどう》を……それでご住職《じゅうしょく》も矍鑠《かくしゃく》としてらっしゃるんですな！」

（へぇ、剣道仲間《けんどうなかま》……）

コナンが全《まった》くタイプの異《こと》なる三人《さんにん》を興味深《きょうみぶか》そうに見《み》ていると、小五郎《こごろう》が「ところで……」と口《くち》を開《ひら》いた。

「このお寺《てら》には、十二年《じゅうにねん》に一度《いちど》だけ開帳《かいちょう》される秘仏《ひぶつ》があるそうっスな」

「はい。ご本尊《ほんぞん》の薬師如来様《やくしにょらいさま》が」

「明々後日《しあさって》から一般公開《いっぱんこうかい》ですよね？　わたしたち、それも楽《たの》しみにして来《き》たんです」

蘭《らん》が言《い》うと、円海《えんかい》は「それはそれは、薬師如来様《やくしにょらいさま》も喜《よろこ》ばれはることでしょう」と屈託《くったく》なく微笑《ほほえ》んだ。すると、竜円《りゅうえん》がどことなく困惑《こんわく》した顔《かお》で、円海《えんかい》をチラリと見《み》る。

（……？）

コナンは何《なに》かを心配《しんぱい》しているような竜円《りゅうえん》の表情《ひょうじょう》が気《き》になった。

「何《なん》ですって!?　ご本尊《ほんぞん》が盗《ぬす》まれたぁ――!?」

本堂《ほんどう》に通《とお》された小五郎《こごろう》たちは、竜円《りゅうえん》からとんでもない事実《じじつ》を聞《き》かされた。

「はい。もう八年前《はちねんまえ》のことになります」

竜円《りゅうえん》は深刻《しんこく》そうな顔《かお》でうなずくと、厨子《ずし》（仏像《ぶつぞう》などを安置《あんち》する仏具《ぶつぐ》）の扉《とびら》を開《あ》けた。金《きん》箔張《ぱくば》りの内部《ないぶ》の両端《りょうはし》には、二体《にたい》の菩薩像《ぼさつぞう》が並《なら》んでいる。

「向《む》かって右《みぎ》が日光菩薩像《にっこうぼさつぞう》で、向《む》かって左《ひだり》が月光菩薩像《がっこうぼさつぞう》です……けど、中央《ちゅうおう》にいてるはずの薬師如来様《やくしにょらいさま》は賊《ぞく》に……」

扉《とびら》を閉《し》めた竜円《りゅうえん》は、小五郎《こごろう》たちの方《ほう》を向《む》いた。

「私《わたし》はすぐに警察《けいさつ》に通報《つうほう》しましょうと言《い》うたんですが、住職《じゅうしょく》に止《と》められました。『縁《えん》があったらまた戻《もど》ってくることがあるかもしれん』と言《い》われまして……」

「んな、悠長《ゆうちょう》な……！」

あきれる小五郎《こごろう》に同意《どうい》するかのように竜円《りゅうえん》は小《ちい》さくうなずくと、「どうぞこちらへ」と客間《きゃくま》へ案内《あんない》した。


客間《きゃくま》に通《とお》された小五郎《こごろう》たちは座卓《ざたく》を囲《かこ》んで座《すわ》り、出《だ》されたお茶《ちゃ》を飲《の》んだ。

「そして八年《はちねん》の歳月《さいげつ》が流《なが》れ、ほんの五日前《いつかまえ》、寺《てら》の郵便《ゆうびん》受けにこれが……」

園子《そのこ》の隣《となり》に座《すわ》った竜円《りゅうえん》は懐《ふところ》から封書《ふうしょ》を取《と》り出《だ》し、小五郎《こごろう》に手渡《てわた》した。

白《しろ》い封書《ふうしょ》の表《おもて》には『山能寺殿《さんのうじどの》』と筆《ふで》で書《か》かれ、切手《きって》は貼《は》られていなかった。小五郎《こごろう》は封《ふう》書《しょ》をくるりと回《まわ》して裏《うら》を見《み》た。

「切手《きって》はなし。差出人《さしだしにん》の名前《なまえ》もなしか……」

小五郎《こごろう》が中身《なかみ》を取《と》り出《だ》そうとすると、コナンは蘭《らん》の後《うし》ろを通《とお》って小五郎《こごろう》の横《よこ》についた。

封書《ふうしょ》の中《なか》には二枚《にまい》の紙《かみ》が入《はい》っていて、一枚目《いちまいめ》の紙《かみ》には筆書《ふでが》きの文字《もじ》が記《しる》されていた。

「『この絵《え》の謎《なぞ》を解《と》けば、仏像《ぶつぞう》の在《あ》り処《か》が判《わか》る』……」

小五郎《こごろう》は文字《もじ》を読《よ》みながら、二枚目《にまいめ》の紙《かみ》を見《み》た。

「何《なん》だぁ？　この絵《え》は……⁉」

そこには奇妙《きみょう》な絵《え》が筆《ふで》で描《えが》かれていた。

紙《かみ》いっぱいに描《えが》かれたひな壇《だん》の上《うえ》に、金魚《きんぎょ》や天狗《てんぐ》、ニワトリなどの絵《え》が並《なら》んでいる——。

わけのわからない絵《え》に困惑《こんわく》する小五郎《こごろう》の横《よこ》で、コナンは興味深《きょうみぶか》そうにその絵《え》をじっと見《み》つめた。


その頃《ころ》、平次《へいじ》は殺人事件《さつじんじけん》があった〈スナック　ジロー〉の隣《となり》の店《みせ》〈酒処《さけどころ》　ふく彩《あや》〉を訪《おとず》れていた。

「どうもな、おっちゃん」

玄関《げんかん》の戸《と》を閉《し》めてのれんをくぐった平次《へいじ》は、〈スナック　ジロー〉の看板《かんばん》を見上《みあ》げた。

近隣《きんりん》の店《みせ》に聞《き》き込《こ》みをしてみたが、どの店《みせ》も犯人《はんにん》らしき人物《じんぶつ》を目撃《もくげき》した者《もの》はいなかった。

「やっぱ未明《みめい》やと、目撃者《もくげきしゃ》はそうそうおらへんか……」

するとそのとき、背後《はいご》から「泥棒《どろぼう》ーーッ!!」と叫《さけ》び声《ごえ》がした。驚《おどろ》いて振《ふ》り返《かえ》ると——自《じ》転車《てんしゃ》に乗《の》った男《おとこ》が着物姿《きものすがた》の女性《じょせい》からバッグをひったくって、こっちに向《む》かってくる!

平次《へいじ》はすばやく手《て》を伸《の》ばして店《みせ》ののれんを取《と》り、道《みち》の中央《ちゅうおう》へ飛《と》び出《だ》して竹棒《たけぼう》を構《かま》えた。

「のかんかーい!!」

威嚇《いかく》しながら自転車《じてんしゃ》で向《む》かってくるひったくりに、平次《へいじ》は構《かま》えた竹棒《たけぼう》を「ていっ!」と思《おも》い切《き》り振《ふ》った。

「グアッ!!」

竹棒《たけぼう》ですねを強《つよ》く打《う》たれ、ひったくりは自転車《じてんしゃ》ごと豪快《ごうかい》にひっくり返《かえ》った。地面《じめん》に叩《たた》きつけられたひったくりは慌《あわ》てて起《お》き上《あ》がり、

「いったたたァ〜!　覚《おぼ》えときや〜!!」

叩《たた》かれたすねを押《お》さえながら逃《に》げていった。

「弁慶《べんけい》の泣《な》き所《どころ》や。痛《いた》いでアレは」

ひったくりの間抜《まぬ》けな姿《すがた》に笑《わら》いながらのれんを戻《もど》した平次《へいじ》は、ひったくりが落《お》としていったバッグを拾《ひろ》った。

「ホレ、これやろオバちゃん」

「おおきに。お兄《にい》さん、カッコよろしなあ」

「いやいや、それほどでも」

平次《へいじ》が謙遜《けんそん》すると、女性《じょせい》はバッグから名刺《めいし》を取《と》り出《だ》した。

「うち、この宮川町《みやがわちょう》でお茶屋《ちゃや》をしてます、山倉多恵《やまくらたえ》どす。――ホレ、あんたもお出《だ》しやす」

山倉多恵《やまくらたえ》（52）はそう言《い》って、連《つ》れていた舞妓《まいこ》に目《め》をやる。

「へえ……千賀鈴《ちかすず》どす、よろしゅうおたの申《もう》します」

千賀鈴《ちかすず》（19）は帯《おび》の間《あいだ》から名刺代《めいしが》わりの千社札《せんじゃふだ》を差《さ》し出《だ》した。

（……!?）

千社札《せんじゃふだ》を受《う》け取《と》った平次《へいじ》は、千賀鈴《ちかすず》の左手《ひだりて》の親指《おやゆび》に貼《は》られた絆創膏《ばんそうこう》に気《き》づいた。親指《おやゆび》の付《つ》け根《ね》の辺《あた》りに貼《は》られている。

「あの、なんぞお礼《れい》を……」

「あ、いや、そんな大《たい》そうなことしたわけやないから」

山倉《やまくら》の声《こえ》で我《われ》に返《かえ》った平次《へいじ》は、停《と》めてあったバイクに向《む》かった。

「ほんなら今度《こんど》遊《あそ》びに来《き》とくれやす」

「気《き》ィつけて帰《かえ》りや！」

「おおきに」

山倉《やまくら》と千賀鈴《ちかすず》がお辞儀《じぎ》をすると、平次《へいじ》はエンジンをかけてバイクを走《はし》らせた。町家《まちや》が並《なら》ぶ通《とお》りをさっそうと走《はし》っていく。

〈スナック　ジロー〉のすぐ近《ちか》くの路地裏《ろじうら》から、様子《ようす》をうかがっている男《おとこ》がいた。

それは、綾小路警部《あやのこうじけいぶ》だった。

路地裏《ろじうら》に隠《かく》れていた綾小路《あやのこうじ》はヒョイと顔《かお》を出《だ》し、その鋭《するど》い切《き》れ長《なが》の目《め》で、平次《へいじ》のバイクが去《さ》っていくのをじっと見《み》つめた——。


「う〜むむ……」

竜円《りゅうえん》から薬師如来像《やくしにょらいぞう》の写真《しゃしん》とひな壇《だん》の絵《え》のカラーコピーを渡《わた》された小五郎《こごろう》は、真剣《しんけん》な表情《ひょうじょう》でその奇妙《きみょう》な絵《え》を見《み》つめていた。

「何《なん》なんだよ、この絵《え》はいったい……！」

外《そと》はいつのまにか日《ひ》が傾《かたむ》いて空《そら》が赤《あか》く染《そ》まり、カラスの鳴《な》き声《ごえ》が聞《き》こえてくる。

コナンと蘭《らん》たちも小五郎《こごろう》の向《む》かい側《がわ》で、別《べつ》にコピーされた物《もの》を一緒《いっしょ》に見《み》ていた。

「一番上《いちばんうえ》の五段目《ごだんめ》に描《えが》かれているのは、セミと天狗《てんぐ》と金魚《きんぎょ》だね」

ひな壇《だん》の一番上《いちばんうえ》には左《ひだり》から赤色《あかいろ》のセミ、緑色《みどりいろ》の天狗《てんぐ》、そして赤色《あかいろ》の金魚《きんぎょ》が描《えが》かれている。

「その下《した》の四段目《よんだんめ》に、ニワトリと……ドジョウかしら？」

ニワトリとドジョウはなぜか黄色《きいろ》く塗《ぬ》られていて、園子《そのこ》は眉《まゆ》をひそめた。

「黄色《きいろ》いドジョウなんて、気持《きも》ち悪《わる》〜い」

「この点《てん》みたいなのは何《なん》だろう？」

蘭《らん》が五段目《ごだんめ》と四段目《よんだんめ》の間《あいだ》にある黒《くろ》い点《てん》を指差《ゆびさ》すと、園子《そのこ》は「ただのシミでしょ」と軽《かる》くあしらった。

「二段目《にだんめ》と三段目《さんだんめ》の間《あいだ》に……スミレと天狗《てんぐ》と富士山《ふじさん》」

三段目《さんだんめ》には何《なに》も描《えが》かれておらず、二段目《にだんめ》と三段目《さんだんめ》の間《あいだ》には紫色《むらさきいろ》のスミレ、緑色《みどりいろ》の天狗《てんぐ》、

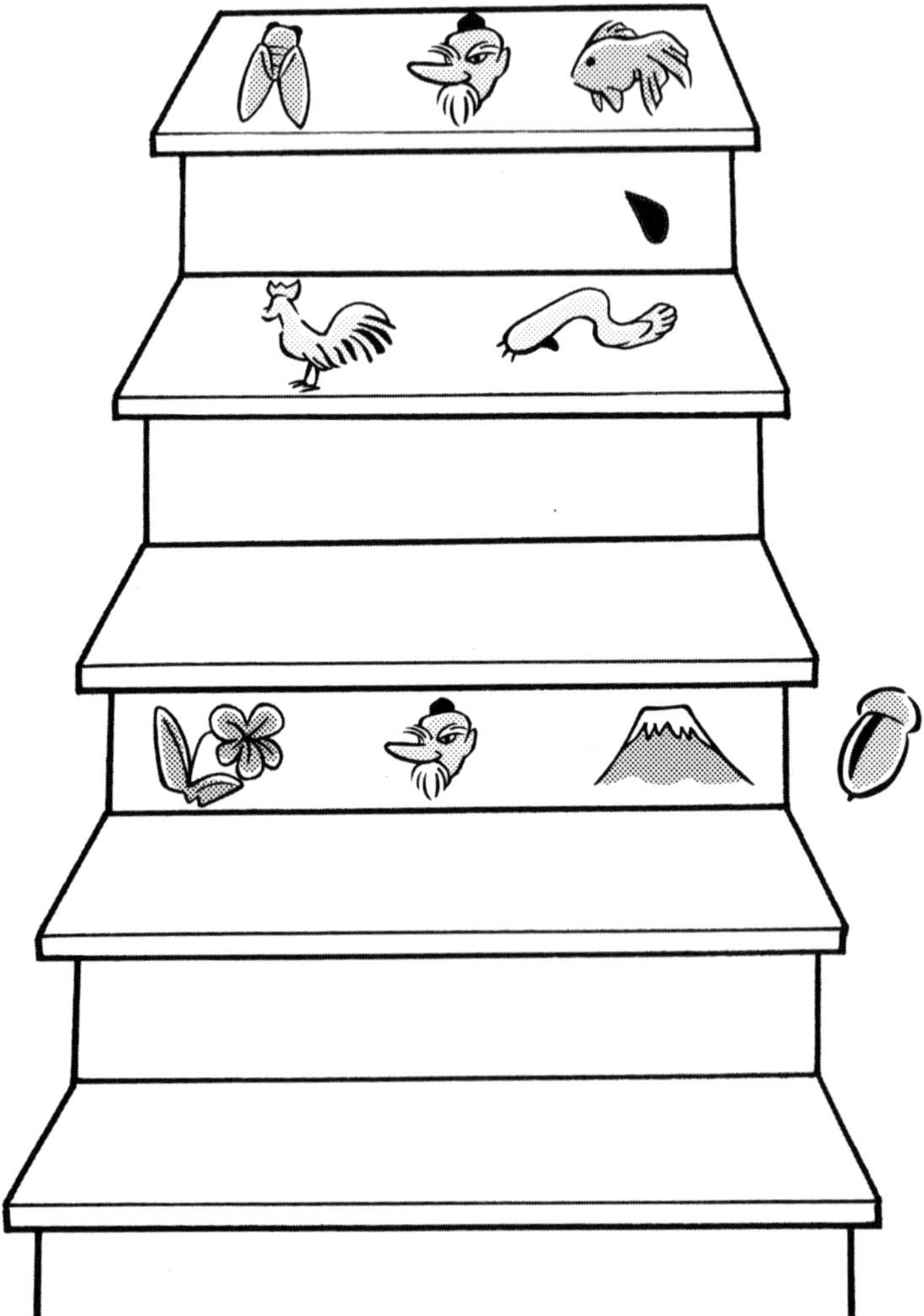

そして紫色《むらさきいろ》の富士山《ふじさん》があった。

「ねえ、横《よこ》にどんぐりもあるよ」

コナンは富士山《ふじさん》の横《よこ》に描《えが》かれたどんぐりを指差《ゆびさ》した。他《ほか》の絵《え》は全《すべ》てひな壇《だん》の中《なか》に描《えが》かれているのに、どんぐりだけはなぜかひな壇《だん》の外《そと》に描《えが》かれている。

見《み》れば見《み》るほどわけがわからない奇妙《きみょう》な絵《え》に、蘭《らん》は心配《しんぱい》そうに小五郎《こごろう》を見《み》た。

「ねえ、お父《とう》さん……明々後日《しあさって》までに見《み》つけられるの？」

「し、心配《しんぱい》すんな！　こんな絵《え》、俺様《おれさま》にかかりゃ謎《なぞ》でも何《なん》でもねぇよ！」

（おいおい、ホントかよ……）

コナンは疑《うたが》いの眼差《まなざ》しを小五郎《こごろう》に向《む》けた。強《つよ》がってはいるが、顔《かお》は強張《こわば》って焦《あせ》りが見《み》える。すると、園子《そのこ》が「ねぇ」と蘭《らん》に声《こえ》をかけた。

「仏像捜《ぶつぞうさが》しはプロに任《まか》せて、わたしたちは京都見物《きょうとけんぶつ》しようよ！」

「あ〜そうしろそうしろ。おまえたちがいても邪魔《じゃま》なだけだ！」

シッシと手《て》で追《お》い払《はら》う小五郎《こごろう》を見《み》て、蘭《らん》は「実《じつ》はね」と園子《そのこ》に顔《かお》を向《む》けた。

「和葉《かずは》ちゃんに連絡《れんらく》してあって、明日《あした》、京都《きょうと》を案内《あんない》してもらうことになってるんだ。ただ、服部君《はっとりくん》は用事《ようじ》があって来《こ》られないんだって」

「彼女《かのじょ》が決《き》まってる男《おとこ》は、いなくてＯＫ《オーケー》！」

（ふーん、あいつは来《こ》ねえのか……）

何《なん》の用事《ようじ》だろう、とコナンが考《かんが》えていると、蘭《らん》がくるりとコナンの方《ほう》を向《む》いた。

「コナン君《くん》も一緒《いっしょ》に行《い》くでしょ？」

「あ、ボクはいいよ……近所《きんじょ》の子《こ》たちと川《かわ》へ釣《つ》りに行《い》く約束《やくそく》を……」

「あら、もうお友達《ともだち》が？　でも気《き》をつけるのよ」

「う、うん！」

のんびり京都見物《きょうとけんぶつ》なんてする気《き》はさらさらないコナンは、とっさに嘘《うそ》をついた。どうやら蘭《らん》もすんなり信《しん》じてくれたらしい。

コナンは険《けわ》しい目《め》でテーブルに置《お》かれた絵《え》を見《み》た。

（山能寺《さんのうじ》から仏像《ぶつぞう》を盗《ぬす》んだのは、〈源氏蛍《げんじぼたる》〉にまず間違《まちが》いねぇ……だが、誰《だれ》が何《なん》の目的《もくてき》でこの絵《え》を届《とど》けたのか……そして五件《ごけん》の殺《ころ》しと、どう関係《かんけい》があるんだ……？）

犯人《はんにん》は特定《とくてい》できたものの、事件解決《じけんかいけつ》の糸口《いとぐち》はまださっぱりつかめない。

（源氏蛍《げんじぼたる》か……義経《よしつね》と弁慶《べんけい》っていったら、やっぱりあそこだよな……）

盗賊団《とうぞくだん》の名前《なまえ》を思《おも》い浮《う》かべたコナンの頭《あたま》に、京都《きょうと》のある場所《ばしょ》が浮《う》かんだ。

4

翌日《よくじつ》。コナンは一人《ひとり》で五条大橋《ごじょうおおはし》に来《き》ていた。

五条通《ごじょうどおり》の鴨川《かもがわ》に架《か》けられたこの橋《はし》は、牛若丸《うしわかまる》（源義経《みなもとのよしつね》）と弁慶《べんけい》が出会《であ》ったという伝説《でんせつ》で知《し》られ、橋《はし》の西詰《にしづめ》にはかわいらしい牛若丸《うしわかまる》と弁慶《べんけい》の石像《せきぞう》が建《た》てられている。

橋《はし》の中央《ちゅうおう》に立《た》ったコナンは、ポケットから絵《え》のコピーを取《と》り出《だ》し、周囲《しゅうい》を見回《みまわ》した。

義経《よしつね》と弁慶《べんけい》に関係《かんけい》するこの橋《はし》なら、何《なに》か手《て》がかりがつかめるのではないかと思《おも》ってきてみたが、それらしいものは見当《みあ》たらない。

「謎《なぞ》の絵《え》に関係《かんけい》ありそうなものはねーな……」

コナンがポケットに絵《え》のコピーをしまっていると、帽子《ぼうし》を目深《まぶか》にかぶった怪《あや》しい男《おとこ》が竹刀《しない》を持《も》って背後《はいご》から近《ちか》づいてきた。

「京《きょう》の五条《ごじょう》の橋《はし》の上《うえ》、大《だい》の男《おとこ》の弁慶《べんけい》は長《なが》いなぎなた振《ふ》り上《あ》げて……」

男《おとこ》はつぶやきながら足《あし》を進《すす》め、竹刀《しない》を頭上《ずじょう》に振《ふ》りかぶる。

（――!?）

殺気《さっき》を感《かん》じたコナンが振《ふ》り返《かえ》ったとたん、

「牛若《うしわか》めがけて、斬《き》りかかる――!!」

男《おとこ》はコナンに向《む》けて竹刀《しない》を振《ふ》り下《お》ろした。が、すばやくジャンプして竹刀《しない》をかわす。欄干《らんかん》に飛《と》び乗《の》ったコナンは、すぐさま男《おとこ》の顔《かお》を見《み》た。男《おとこ》は帽子《ぼうし》の下《した》から浅黒《あさぐろ》い顔《かお》をのぞかせると、ニヤリと微笑《ほほえ》んだ。

「は、服部《はっとり》ィ!?」

「おまえとここで会《あ》うとは、神《かみ》さんもシャレたことしてくれるやないけ！」

「はぁ？」

コナンが怪訝《けげん》そうに平次《へいじ》を見《み》つめていると、後《うし》ろから剣道着姿《けんどうぎすがた》の少年《しょうねん》たちが走《はし》ってきた。

「兄《にい》ちゃん、竹刀返《しないかえ》してぇな！」

「お、すまんすまん！　サンキューな！」

どうやら竹刀《しない》を少年《しょうねん》から借《か》りたらしく、平次《へいじ》が竹刀《しない》を返《かえ》すと少年《しょうねん》たちは「ほな行《い》くで！」と元気《げんき》に立《た》ち去《さ》っていった。

「しっかり稽古《けいこ》せいよ！」

コナンは欄干《らんかん》から飛《と》びおり、少年《しょうねん》たちに声《こえ》をかける平次《へいじ》をあきれた顔《かお》で見《み》た。

「竹刀《しない》なんか借《か》りるなよな！」

「それよりおまえ、こんなとこで何《なに》してんねん？」

「おまえこそ何《なに》やってんだよ」

コナンが訊《き》き返《かえ》すと、平次《へいじ》は橋《はし》を渡《わた》って川岸《かわぎし》へおりる階段《かいだん》へ向《む》かった。

「実《じつ》は、大阪《おおさか》で殺《ころ》されたたこ焼《や》き屋《や》のおっちゃん、顔《かお》なじみやったんや！　何《なに》か盗賊団《とうぞくだん》のメンバーだったらしいけど、中学《ちゅうがく》ンときからあの店《みせ》に通《かよ》ててな、いろいろ世話《せわ》になったから、犯人《はんにん》挙《あ》げてカタキ取《と》ったろ思《おも》てな……」

「それで京都《きょうと》に来《き》て、犯人《はんにん》の手《て》がかりを探《さが》してたってわけか……。だったら、いいもんがあるぜ」

コナンはニヤリとして、ポケットから絵《え》のコピーを取《と》り出《だ》した。そして、事件《じけん》のいきさつを平次《へいじ》に説明《せつめい》する。

川岸《かわぎし》に腰《こし》をおろした平次《へいじ》は「なるほど……」と興味深《きょうみぶか》そうに絵《え》のコピーを見《み》つめた。

「この絵《え》ェの謎《なぞ》を解《と》いたら、仏像《ぶつぞう》だけやのうて、殺《ころ》しの犯人《はんにん》にもつながるかもしれんな……そんでおまえも……」

「ああ。仏像盗《ぶつぞうぬす》んだのが〈源氏蛍《げんじぼたる》〉なら、義経《よしつね》や弁慶《べんけい》に関係《かんけい》する場所《ばしょ》を回《まわ》れば、謎《なぞ》を解《と》く手《て》がかりがつかめるんじゃねーかと思《おも》ったけど、京都《きょうと》はサッパリわかんねぇ」

「ほんならこの先《さき》は任《まか》せとけ！　オレが案内《あんない》したる」

自信《じしん》ありげに微笑《ほほえ》んだ平次《へいじ》は立《た》ち上《あ》がり、近《ちか》くに停《と》めてあるバイクに向《む》かった。


平次《へいじ》はコナンをバイクに乗《の》せると、五条通《ごじょうどおり》を走《はし》った。

「ここが、五条天神《ごじょうてんじん》や」

住宅地《じゅうたくち》の真《ま》ん中《なか》に建《た》った神社《じんじゃ》の前《まえ》にバイクを停《と》め、平次《へいじ》とコナンは門《もん》をくぐって境内《けいだい》へ進《すす》んでいった。

「『義経記《ぎけいき》』では五条大橋《ごじょうおおはし》やのうて、ここで二人《ふたり》が出会《であ》うたことになってる。――どや、何《なに》か共通《きょうつう》するもんはないか？」

コナンは絵《え》のコピーを手《て》に、境内《けいだい》を見回《みまわ》した。マンションに囲《かこ》まれたこぢんまりとした境内《けいだい》には、それらしいものは見当《みあ》たらない。

「いや……なさそうだな」

「ほな、次《つぎ》行《い》くで！」

と平次《へいじ》が踵《きびす》を返《かえ》して門《もん》へ向《む》かう。コナンが後《あと》を追《お》うと、平次《へいじ》は突然足《とつぜんあし》を止《と》めた。

「けど、気《き》に入《い》らんな？　何《なん》で山能寺《さんのうじ》の坊《ぼう》さん、オレに依頼《いらい》してけーへんかったんや？　関西《かんさい》で探偵《たんてい》ゆうたら、やっぱりオレやろ！」

小五郎《こごろう》に依頼《いらい》があったのがよほど不満《ふまん》だったらしく、振《ふ》り返《かえ》った平次《へいじ》は怖《こわ》い形相《ぎょうそう》でコナンを見《み》つめた。

「あ、それはさ、警察《けいさつ》に知《し》られたくなかったんじゃねーのか？　ほら、おまえのおやじさん、警察《けいさつ》のお偉《えら》いさんだから」

「フゥ～ン……ま、ええか」

コナンが返《かえ》した適当《てきとう》な答《こた》えに、平次《へいじ》は不満《ふまん》がありつつも一応納得《いちおうなっとく》したようだった。

（……待《ま》てよ。そう言《い》われてみれば……）

平次《へいじ》に言《い》われて、コナンもふと疑問《ぎもん》に思《おも》った。

大阪在住《おおさかざいじゅう》の平次《へいじ》の方《ほう》が断然京都《だんぜんきょうと》に近《ちか》いのに、竜円《りゅうえん》はなぜわざわざ小五郎《こごろう》に依頼《いらい》してきたんだろうか……？

「着《つ》いたで、ここや！」

繁華街《はんかがい》を進《すす》み、次《つぎ》に平次《へいじ》がバイクを停《と》めたのは、三条通《さんじょうどおり》のビルの前《まえ》だった。

ビルの一階《いっかい》にあるカフェの出入《でい》り口前《ぐちまえ》には、一《いち》メートルほどの緑《みどり》がかった石《いし》が置《お》かれていて、コナンは石《いし》の横《よこ》にある石碑《せきひ》の文字《もじ》を読《よ》んだ。

「弁慶石《べんけいいし》……？」

「弁慶《べんけい》がいつも腰《こし》かけていた石《いし》やとか、比叡山《ひえいざん》から投《な》げた石《いし》やとか、いろいろ伝承《でんしょう》があるみたいやで」

石《いし》の隣《となり》にある由来書《ゆらいが》きによると、この石《いし》は弁慶《べんけい》が熱愛《ねつあい》したと言《い》われ、弁慶《べんけい》は幼少《ようしょう》の頃《ころ》三《さん》条京極《じょうきょうごく》に住《す》み、死後《しご》この石《いし》は奥州高館《おうしゅうたかだち》にあった。しかし、石《いし》が『三条京極《さんじょうきょうごく》に戻《もど》りたい』と泣《な》き、奥州高館《おうしゅうたかだち》で熱病《ねつびょう》が蔓延《まんえん》したので人々《ひとびと》は弁慶《べんけい》の祟《たた》りだと恐《おそ》れ、三条京極寺《さんじょうきょうごくじ》に移《うつ》されたらしい。そして、その後《ご》は誓願寺方丈《せいがんじほうじょう》の庭《にわ》に移《うつ》り、明治《めいじ》になってこの町《まち》に引《ひ》き取《と》られ、昭《しょう》和四年《わよねん》にこの場所《ばしょ》に移《うつ》されたと書《か》いてある。

コナンは弁慶石《べんけいいし》と絵《え》のコピーを見《み》た。

「ここも関係《かんけい》ないみてーだな」

「そうか。ほな次《つぎ》や」

平次《へいじ》は向《む》かいのビルの前《まえ》に停《と》めたバイクに向《む》かった。コナンも後《あと》をついていく。

「次《つぎ》はどこだ？」

「蹴上《けあげ》インクラインやな、——お？」

バイクの前《まえ》に見知《みし》らぬ男《おとこ》が立《た》っていて、平次《へいじ》は足《あし》を止《と》めた。オールバックの髪《かみ》を一筋《ひとすじ》だけ額《ひたい》にたらした男《おとこ》は切《き》れ長《なが》の鋭《するど》い目《め》で平次《へいじ》を見《み》ると、懐《ふところ》から警察手帳《けいさつてちょう》を取《と》り出《だ》した。

「京都府警《きょうとふけい》の綾小路《あやのこうじ》です。〈源氏蛍《げんじぼたる》〉の件《けん》でいろいろ調《しら》べてるみたいやけど、ここは大阪《おおさか》と違《ちが》います、素人《しろうと》は首突《くびつ》っ込《こ》まんことや」

詰《つ》め寄《よ》った綾小路《あやのこうじ》が平次《へいじ》の胸《むね》を人差《ひとさ》し指《ゆび》で突《つ》く。すると、背広《せびろ》のポケットからシマリスがヒョコッと顔《かお》を出《だ》した。

「!?」

綾小路《あやのこうじ》の肩《かた》から背中《せなか》を回《まわ》って手《て》の甲《こう》に登《のぼ》ってきたシマリスに、平次《へいじ》とコナンは思《おも》わずギヨッとした。

（ハハ……シマリス……）

シマリスの頭《あたま》を優《やさ》しくなでた綾小路《あやのこうじ》は、

「よろしおすな！」

と平次《へいじ》に念《ねん》を押《お》して立《た》ち去《さ》っていった。

平次《へいじ》とコナンはぽかんとした顔《かお》で、手《て》にシマリスをのせた綾小路《あやのこうじ》を見送《みおく》る。

「どこにもけったいな刑事《けいじ》はおるもんやな」

「ああ……」


その頃《ころ》、蘭《らん》と園子《そのこ》は和葉《かずは》の案内《あんない》で清水寺《きよみずでら》に来《き》ていた。

急《きゅう》な崖《がけ》に巨大《きょだい》な欅《けやき》の柱《はしら》を並《なら》べて組《く》み上《あ》げられた〈清水《きよみず》の舞台《ぶたい》〉からは、満開《まんかい》の桜《さくら》を見下《みお》ろすことができ、蘭《らん》は目《め》の前《まえ》に広《ひろ》がる絶景《ぜっけい》に「きれいー！」と思《おも》わず声《こえ》を上《あ》げた。

その横《よこ》では、園子《そのこ》が景色《けしき》にうっとりとしながら、恋人《こいびと》の京極真《きょうごくまこと》に思《おも》いを馳《は》せる。

「ああ、こんなすばらしい景色《けしき》を……」

「真《まこと》さんと一緒《いっしょ》に見《み》られたら、超《ちょう》ハッピーかもかも♡」

蘭《らん》が真似《まね》をしてからかうと、園子《そのこ》は恥《は》ずかしそうに頬《ほお》を赤《あか》らめた。

「もう、蘭《らん》ったら！」

「エヘヘ、いつものお返《かえ》し♪」

「オヨ？」

園子《そのこ》は蘭《らん》の肩越《かたご》しに、手《て》すりにもたれている和葉《かずは》を見《み》た。いつも人一倍《ひといちばい》明《あか》るくておしゃべりな和葉《かずは》が、今日《きょう》はなぜかずっと浮《う》かない顔《かお》で黙《だま》り込《こ》んでいる。

「和葉《かずは》ちゃん、服部君《はっとりくん》とケンカでもしたの？」

歩《あゆ》み寄《よ》った蘭《らん》がたずねると、和葉《かずは》は目線《めせん》を外《はず》して「実《じつ》は……」と話《はな》し始《はじ》めた。

「平次《へいじ》、ある事件《じけん》を調《しら》べに京都《きょうと》に通《かよ》てて……それに京都《きょうと》には平次《へいじ》の初恋《はっこい》の人《ひと》がいてんねん」

「ええーっ!?」

思《おも》いがけない和葉《かずは》の告白《こくはく》に、蘭《らん》と園子《そのこ》は驚《おどろ》いて顔《かお》を見合《みあ》わせた。

バイクに乗《の》った平次《へいじ》とコナンは鴨川《かもがわ》を渡《わた》って東《ひがし》に進《すす》み、〈蹴上《けあげ》インクライン〉に向《む》かった。

琵琶湖《びわこ》から京都《きょうと》へ引《ひ》かれた水路間《すいろかん》の落差《らくさ》をつないで、船《ふね》をトロッコにのせて運《はこ》ぶための鉄道《てつどう》として作《つく》られた蹴上《けあげ》インクラインは、今《いま》では線路《せんろ》だけが残《のこ》り、その長《なが》さ五百八十二《ごひゃくはちじゅうに》メートルの線路沿《せんろぞ》いに植《う》えられた約九十本《やくきゅうじっぽん》の桜《さくら》は満開《まんかい》を迎《むか》えていた。

線路《せんろ》を上《のぼ》りきったところにある疎水公園《そすいこうえん》の祠《ほこら》に、台座《だいざ》にのる大《おお》きな石仏《せきぶつ》があった。花活《はない》けには〈義経大日如来《よしつねだいにちにょらい》〉と刻《きざ》まれている。

奥州《おうしゅう》へ向《む》かう義経《よしつね》がこの付近《ふきん》で平家《へいけ》の武者九人《むしゃくにん》と遭遇《そうぐう》し、武者《むしゃ》の馬《うま》が蹴《け》り上《あ》げた泥水《どろみず》がかかって激怒《げきど》した義経《よしつね》が武者《むしゃ》を次々《つぎつぎ》と斬《き》り殺《ころ》した。後《のち》に自分《じぶん》の行為《こうい》を悔《く》やんだ義経《よしつね》が武者《むしゃ》を弔《とむら》うために九体《きゅうたい》の地蔵《じぞう》を祀《まつ》り、そのうちの一体《いったい》が〈義経大日如来《よしつねだいにちにょらい》〉だと言《い》われている。

コナンはポケットから絵《え》のコピーを取《と》り出《だ》し、〈義経大日如来《よしつねだいにちにょらい》〉と祠《ほこら》の周囲《しゅうい》を見回《みまわ》した。

しかしここにも絵《え》に関係《かんけい》がありそうなものは見当《みあ》たらず、ハァ……とため息《いき》をついた。

「ここもハズレみたいやな。昼飯《ひるめし》にしよか」

「ああ……」

コナンと平次《へいじ》は線路《せんろ》に戻《もど》り、桜並木《さくらなみき》の中《なか》を下《くだ》っていった。広《ひろ》い線路《せんろ》に沿《そ》って植《う》えられた桜《さくら》は空《そら》を覆《おお》い隠《かく》すほどに咲《さ》き誇《ほこ》り、その下《した》を歩《ある》いているとまるで桜《さくら》のトンネルをくぐっているようだ。

「……桜《さくら》か……」

はらはらと舞《ま》い散《ち》る桜《さくら》の木《き》を見上《みあ》げた平次《へいじ》がつぶやいて、「ん？」とコナンは顔《かお》を上《あ》げた。

「いや……桜見《さくらみ》るといっつも思《おも》い出《だ》すんや。八年前《はちねんまえ》のことを……」

南禅寺《なんぜんじ》に着《つ》いた二人《ふたり》は山門前《さんもんまえ》を通過《つうか》し、湯豆腐店《ゆどうふてん》へ続《つづ》く小道《こみち》を歩《ある》いていった。

「オレは京都《きょうと》の寺《てら》を探検《たんけん》してて、寺《てら》の格子窓《こうしまど》に飛《と》びついたときや。格子《こうし》がポッキリ折《お》れてな、床《ゆか》にしこたま頭《あたま》打《う》って、気絶《きぜつ》してしもたんや……どんくらい眠《ねむ》ってたんかわからへんけど、ふと目《め》ェを覚《さ》ましたとき……」

平次《へいじ》は話《はな》しながら、八年前《はちねんまえ》のことを思《おも》い出《だ》した。

あのとき、本堂《ほんどう》の外《そと》から手鞠唄《てまりうた》が聞《き》こえてきて格子窓《こうしまど》に飛《と》びつくと、着物姿《きものすがた》の少女《しょうじょ》が桜《さくら》の木《き》の下《した》で鞠《まり》をついていたのだ。

『まるたけえびすにおしおいけ〜♪　よめさんろっかくたこにしき〜♪』

強《つよ》い風《かぜ》が吹《ふ》いて一瞬《いっしゅん》目《め》を閉《と》じたら、その女《おんな》の子《こ》の姿《すがた》は消《き》えていた。

けれど、今《いま》でもあの女《おんな》の子《こ》の姿《すがた》はこの目《め》に焼《や》きついている。手鞠唄《てまりうた》を歌《うた》う声《こえ》も耳《みみ》に残《のこ》っている。そして、彼女《かのじょ》がいなくなった場所《ばしょ》に落《お》ちていた水晶玉《すいしょうだま》も……。

「夢《ゆめ》みたいやけど、ホンマの話《はなし》なんや。いつかまためぐり合《あ》えるんちゃうかと思《おも》て……」

湯豆腐《ゆどうふ》を前《まえ》にしんみりと思《おも》い出《で》にひたっている平次《へいじ》を見《み》て、コナンは笑《わら》いをこらえきれずにププッと噴《ふ》き出《だ》した。

「おい、何笑《なにわろ》うてんねん」

「あ、わりぃわりぃ。続《つづ》けて」

コナンが笑《わら》いながら茶碗《ちゃわん》と箸《はし》を置《お》くと、平次《へいじ》はムッとしながらブルゾンのポケットから巾着《きんちゃく》を取《と》り出《だ》し、中《なか》に入《はい》っていた水晶玉《すいしょうだま》をコナンに手渡《てわた》した。

「京都《きょうと》に来《く》るときは、いっつも持《も》ってくるんや」

「……水晶玉《すいしょうだま》か。どっかで見《み》たような形《かたち》だな」

「ホンマか!?　誰《だれ》かおんなじの持《も》ってるんか？」

「いや……」

コナンの言葉《ことば》に、身《み》を乗《の》り出《だ》した平次《へいじ》がガクッとうなだれる。

「……そんで？　彼女《かのじょ》はこのこと知《し》ってんのかよ？」

「彼女《かのじょ》って……ああ、和葉《かずは》かいな」

水晶玉《すいしょうだま》を受《う》け取《と》った平次《へいじ》は巾着《きんちゃく》に収《おさ》めて、ポケットにしまった。

「詳《くわ》しいことは何《なに》も話《はな》してへんけど、知《し》ってるみたいや……そもそも、あいつがこのことを知《し》ったんは……」

清水寺《きよみずでら》を後《あと》にした蘭《らん》たちは、近《ちか》くの喫茶店《きっさてん》に入《はい》り、抹茶《まっちゃ》と菓子《かし》のセットを注文《ちゅうもん》した。抹《まっ》茶《ちゃ》を飲《の》んで一息《ひといき》つくと、和葉《かずは》は平次《へいじ》の初恋《はつこい》の人《ひと》について話《はな》し始《はじ》めた。

「雑誌《ざっし》のインタビュー記事《きじ》？」

「そう、関西《かんさい》でメッチャ人気《にんき》のある情報誌《じょうほうし》でなぁ」

和葉《かずは》はそう言《い》うと、バッグから雑誌《ざっし》の切《き》り抜《ぬ》きを取《と》り出《だ》してテーブルに置《お》いた。

〈浪速《なにわ》の高校生探偵《こうこうせいたんてい》　服部平次《はっとりへいじ》・本誌独占《ほんしどくせん》インタビュー〉と大《おお》きく見出《みだ》しがついた記事《きじ》には、通天閣《つうてんかく》をバックに斜《しゃ》に構《かま》えた平次《へいじ》の写真《しゃしん》が載《の》っている。

「この本《ほん》で平次《へいじ》、初恋《はつこい》について訊《き》かれてて、『小学校三年《しょうがっこうさんねん》のときに会《お》うたちょっと年上《としうえ》の女《おんな》の子《こ》』って答《こた》えてんの！　しかも、『その女《おんな》の子《こ》にまつわる大切《たいせつ》な品《しな》や』言《い》うて、わざわざこんな写真《しゃしん》まで撮《と》らしてんねんで！」

和葉《かずは》が切《き》り抜《ぬ》きの一枚目《いちまいめ》をめくると、二枚目《にまいめ》の記事《きじ》の間《あいだ》に小《ちい》さな石《いし》を指《ゆび》でつまんだ平次《へいじ》の写真《しゃしん》が載《の》っていて、蘭《らん》はその写真《しゃしん》をのぞき込《こ》んだ。

「何《なん》なの、これ？」

「ただの水晶玉《すいしょうだま》……その女《おんな》にもろたんとちゃう」

「じゃあ、和葉《かずは》ちゃんはその子《こ》のこと……」

蘭《らん》が顔《かお》を上《あ》げると、和葉《かずは》は「知《し》ってるわけないやん！」と目《め》をそらした。

「平次《へいじ》も会《お》うたんはそのときだけみたいで、京都《きょうと》へ来《く》るたんびに捜《さが》してるみたいやから」

「あっ、それで水晶玉《すいしょうだま》を写真《しゃしん》に……！」

和葉《かずは》の言《い》わんとしていることに気《き》づいた園子《そのこ》は、探偵気分《たんていきぶん》で推理《すいり》し始《はじ》めた。

「もしかしたらその女《おんな》の子《こ》がこの記事《きじ》を読《よ》んで、連絡《れんらく》してくるかもしれないと思《おも》って……」

「なっ、やらしいやろ！」

「うんうん」

「おまけに、その頃《ころ》の写真《しゃしん》まで載《の》せてるんやで！」

和葉《かずは》は二枚目《にまいめ》の切《き》り抜《ぬ》きをめくった。すると三枚目《さんまいめ》には、剣道着姿《けんどうぎすがた》のかわいい少年《しょうねん》の写真《しゃしん》があった。その下《した》には〈小学三年生《しょうがくさんねんせい》の平次君《へいじくん》〉と書《か》いてある。

「わっ、かわいい!!」

蘭《らん》が思《おも》わず声《こえ》を上《あ》げると、和葉《かずは》の表情《ひょうじょう》がパッと明《あか》るくなった。

「そやろ！　この頃《ころ》の平次《へいじ》メッチャかわ——」

と言《い》いかけてハッと我《われ》に返《かえ》った和葉《かずは》は、恥《は》ずかしそうに顔《かお》をそむけた。

「……蘭《らん》ちゃん、そういう問題《もんだい》とちゃうんやけど」

「でも、気《き》にすることないんじゃない？　たとえ服部君《はっとりくん》に初恋《はつこい》の人《ひと》がいても、それはもう昔《むかし》の人《ひと》。今《いま》は和葉《かずは》ちゃんと、いい感《かん》じに見《み》えるよ」

蘭《らん》が和葉《かずは》を励《はげ》ますと、園子《そのこ》は「でもねぇ」と意味《いみ》ありげに口《くち》を開《ひら》いた。

「男《おとこ》にとって、ファーストラブは特別《とくべつ》だから……」

「園子《そのこ》！」

園子《そのこ》が悪《わる》びれずにエヘッと舌《した》を出《だ》す。すると、和葉《かずは》は「もぉ！」と切《き》り抜《ぬ》きをバッグにしまった。

「こんな辛気《しんき》くさい話《はなし》はやーめた！　それより、ぜんざい食《た》べへん？　オバちゃーん、ぜんざい三《みっ》つ！　大急《おおいそ》ぎで頼《たの》むねー！」

わざと明《あか》るく振《ふ》る舞《ま》う和葉《かずは》を、蘭《らん》は複雑《ふくざつ》な思《おも》いで見《み》つめた。

平次《へいじ》のバイクは貴船山《きぶねやま》と鞍馬山《くらまやま》の谷《たに》を流《なが》れる貴船川沿《きぶねがわぞ》いの街道《かいどう》を登《のぼ》っていった。やがて左《ひだり》に曲《ま》がり、喫茶店《きっさてん》の空《あ》き地《ち》へ入《はい》る。

空《あ》き地《ち》には乗用車《じょうようしゃ》が一台《いちだい》と、オフロードバイクが一台《いちだい》停《と》められていた。

「あれが鞍馬寺《くらまでら》の西門《にしもん》や」

ヘルメットを取《と》った平次《へいじ》は、川《かわ》に架《か》けられた赤《あか》い橋《はし》の向《む》こうにある門《もん》を指差《ゆびさ》した。

「普通《ふつう》は仁王門《におうもん》の方《ほう》から入《はい》るんやけど、こっちの方《ほう》が近道《ちかみち》でええやろ」

平次《へいじ》はそう言《い》うとズボンの後《うし》ろポケットから野球帽《やきゅうぼう》を取《と》り出《だ》し、かぶりながら西門《にしもん》へ向《む》かった。コナンも空《あ》き地《ち》に停《と》められたオフロードバイクに目《め》をやりながら、平次《へいじ》の後《あと》に続《つづ》く。

鞍馬山《くらまやま》の登山口《とざんぐち》でもある西門《にしもん》をくぐると、その先《さき》は急《きゅう》な山道《やまみち》が続《つづ》いていた。表示板《ひょうじばん》には鞍馬寺《くらまでら》・奥《おく》の院《いん》までは五百八十八《ごひゃくはちじゅうはち》メートルと書《か》かれている。

登山口《とざんぐち》を入《はい》ってくる二人《ふたり》を、木《き》の陰《かげ》から見下《みお》ろす黒《くろ》い影《かげ》がいた。鋭《するど》い目《め》で二人《ふたり》の姿《すがた》を確認《かくにん》すると、山道《やまみち》を登《のぼ》っていく——。

杉《すぎ》の木《き》をはじめとした大木《たいぼく》がうっそうと生《お》い茂《しげ》る中《なか》、コナンと平次《へいじ》は山道《やまみち》の階段《かいだん》を上《のぼ》っていった。この辺《あた》りは岩盤《がんばん》がかたいらしく、地中《ちちゅう》に根《ね》を下《お》ろせない木《き》の根《ね》が地上《ちじょう》に露出《ろしゅつ》していた。網目《あみめ》のように這《は》うその根《ね》は、まるで来《く》る者《もの》を拒《こば》むかのように見《み》える。コナンたちは木《き》の根《ね》を避《よ》けながら進《すす》んでいった。

いつのまにか日《ひ》が傾《かたむ》き、生《お》い茂《しげ》る木々《きぎ》の隙間《すきま》から見《み》える空《そら》が赤《あか》く染《そ》まり始《はじ》めた。やがて道《みち》の行《ゆ》く手《て》に、仏堂《ぶつどう》が見《み》えてきた。

「ここが僧上《そうじょう》ヶ谷《がたに》不動堂《ふどうどう》や。牛若丸《うしわかまる》はここで鞍馬天狗《くらまてんぐ》と会《お》うて、兵法《へいほう》を伝授《でんじゅ》されたそうや」

不動堂《ふどうどう》の前《まえ》に立《た》ったコナンは、絵《え》のコピーを取《と》り出《だ》して見《み》た。

不動堂《ふどうどう》の周《まわ》りにそびえ立《た》つ杉《すぎ》の大樹《たいじゅ》が空《そら》を覆《おお》い、辺《あた》りはしんと薄暗《うすぐら》く、どことなく厳《おごそ》かで重厚感《じゅうこうかん》のある空気《くうき》が漂《ただよ》う。

「まぁ、確《たし》かに剣《けん》の修行《しゅぎょう》にピッタリの場所《ばしょ》やな……」

周囲《しゅうい》を見回《みまわ》した平次《へいじ》は不動堂《ふどうどう》から離《はな》れ、近《ちか》くの杉《すぎ》の大樹《たいじゅ》に近《ちか》づいた。

「それにしてもこの杉《すぎ》、でっかいなぁ」

「服部《はっとり》、ここも違《ちが》う――」

絵《え》のコピーをポケットにしまったコナンが平次《へいじ》に歩《あゆ》み寄《よ》ろうとしたとき――視界《しかい》の隅《すみ》で何《なに》かが動《うご》くのが見《み》えた。ハッと見上《みあ》げると、木《き》の枝《えだ》に立《た》った人物《じんぶつ》が弓矢《ゆみや》で平次《へいじ》を狙《ねら》っている――！

「伏《ふ》せろっ!!」

コナンは叫《さけ》ぶと同時《どうじ》に平次《へいじ》に飛《と》びついた。矢《や》は平次《へいじ》の背中《せなか》をそれて杉《すぎ》の幹《みき》に突《つ》き刺《さ》さり、矢《や》を放《はな》った犯人《はんにん》が枝《えだ》から飛《と》びおりる。

「待《ま》てーっ!!」

すぐに立《た》ち上《あ》がったコナンは、森《もり》の奥《おく》へ逃《に》げる犯人《はんにん》を追《お》った。

「お、おい！　工藤《くどう》！」

地面《じめん》に倒《たお》れた平次《へいじ》も身《み》を起《お》こし、落《お》ちた野球帽《やきゅうぼう》を拾《ひろ》うとコナンの後《あと》を追《お》った。

フルフェイスのヘルメットに矢筒《やづつ》を背負《せお》った犯人《はんにん》は山道《やまみち》を駆《か》け上《あ》がると、道《みち》から外《はず》れて急斜面《きゅうしゃめん》を飛《と》びおりた。

追《お》ってきたコナンもジャンプし、斜面《しゃめん》を這《は》う倒木《とうぼく》の上《うえ》を滑《すべ》りおりていく。倒木《とうぼく》が途切《とぎ》れると木《き》の枝《えだ》に飛《と》びついて別《べつ》の倒木《とうぼく》へおり、次《つぎ》から次《つぎ》へと倒木《とうぼく》を飛《と》び移《うつ》って斜面《しゃめん》をおりていった。

その姿《すがた》はまるで、壇《だん》ノ浦《うら》の戦《たたか》いで海上《かいじょう》を飛《と》び跳《は》ねるように船《ふね》から船《ふね》へと飛《と》び移《うつ》って敵《てき》をかわした義経《よしつね》のようで、

「牛若丸《うしわかまる》みたいなやっちゃな……！」

山道《やまみち》を走《はし》っていた平次《へいじ》は思《おも》わずつぶやいた。

急斜面《きゅうしゃめん》をおりた犯人《はんにん》は西門《にしもん》をくぐって赤《あか》い橋《はし》を渡《わた》ると、空《あ》き地《ち》に停《と》めてあったオフロードバイクに飛《と》び乗《の》ってエンジンをかけた。

「しまった!!」

前輪《ぜんりん》を浮《う》かせて道路《どうろ》に飛《と》び出《だ》したバイクは、あっという間《ま》に見《み》えなくなってしまった。

「工藤《くどう》！　ほれ行《い》くぞ！」

後方《こうほう》から声《こえ》がして振《ふ》り返《かえ》ると、バイクに乗《の》った平次《へいじ》がヘルメットを投《な》げた。ヘルメットを受《う》け取《と》ってかぶったコナンを、平次《へいじ》が引《ひ》っ張《ぱ》りあげて後部座席《こうぶざせき》に乗《の》せる。

平次《へいじ》は猛《もう》スピードで貴船街道《きぶねかいどう》を下《くだ》っていった。赤《あか》い橋《はし》を渡《わた》り、コーナーもスピードを緩《ゆる》めることなく突《つ》き進《すす》む。

すると、曲《ま》がった先《さき》に犯人《はんにん》のバイクが見《み》えた。

「つかまえたで!!」

平次《へいじ》に追《お》いつかれたことに気《き》づいた犯人《はんにん》は、さらにスピードを上《あ》げた。急《きゅう》カーブを曲《ま》がると橋《はし》の手前《てまえ》の横道《よこみち》にそれて山道《やまみち》を登《のぼ》っていく。平次《へいじ》も犯人《はんにん》を追《お》って山道《やまみち》に入《はい》った。倒木《とうぼく》や木《き》の枝《えだ》をよけながら、木《き》の根《ね》が這《は》うデコボコ道《みち》を進《すす》み、大《おお》きくジャンプして茂《しげ》みを突《つ》っ切《き》っていく。

やがてその先《さき》に吊《つ》り橋《ばし》が見《み》えた。犯人《はんにん》はすでに吊《つ》り橋《ばし》を渡《わた》り切《き》り、支柱《しちゅう》の前《まえ》で停《と》まっている。吊《つ》り橋《ばし》の片側《かたがわ》の手《て》すりロープが切《き》れていて、平次《へいじ》のバイクが吊《つ》り橋《ばし》を渡《わた》り始《はじ》めると同時《どうじ》に、犯人《はんにん》は反対側《はんたいがわ》の手《て》すりロープもナイフで切《き》った。

「何《なん》ちゅうことすんねん!!」

さらに犯人《はんにん》は足元《あしもと》の吊《つ》りロープも切《き》って逃《に》げ出《だ》した。

片側《かたがわ》のロープを失《うしな》って大《おお》きく傾《かたむ》いた吊《つ》り橋《ばし》の上《うえ》を、平次《へいじ》は必死《ひっし》でバイクを走《はし》らせた。足《あし》元《もと》の板《いた》がバラバラと崩《くず》れて深《ふか》い谷底《たにぞこ》へ落《お》ちていく――。

「うわあああ!」

間一髪《かんいっぱつ》で橋《はし》を渡《わた》り切《き》った平次《へいじ》は、犯人《はんにん》を追《お》って山道《やまみち》を突《つ》っ切《き》った。やがて道路《どうろ》に出《で》て、犯人《はんにん》のバイクは鞍馬寺《くらまでら》の仁王門《におうもん》の前《まえ》を通過《つうか》し、鞍馬駅《くらまえき》の方《ほう》へと向《む》かう。

「乗車《じょうしゃ》の方《かた》はお急《いそ》ぎくださーい！　間《ま》もなく発車《はっしゃ》――」

鞍馬駅《くらまえき》の改札《かいさつ》で駅員《えきいん》が呼《よ》びかけていると、犯人《はんにん》のバイクが猛烈《もうれつ》なスピードで改札《かいさつ》を通《とお》っていった。続《つづ》いて平次《へいじ》のバイクも通過《つうか》する。

「いや、そこまで急《いそ》がんでも……」

駅員《えきいん》が呆然《ぼうぜん》と見送《みおく》る中《なか》、二台《にだい》のバイクはホームを突《つ》っ走《ぱし》り、犯人《はんにん》のバイクがホームの端《はし》でジャンプして線路《せんろ》に着地《ちゃくち》した。平次《へいじ》のバイクも後《あと》を追《お》って線路《せんろ》に飛《と》び込《こ》む。

「おい！　ここ線路《せんろ》だぞ！」

「気《き》ィ散《ち》るやろ！　話《はな》しかけんな！」

忠告《ちゅうこく》を聞《き》かない平次《へいじ》に、コナンは思《おも》わずハハ……と苦笑《にがわら》いした。

(道交法違反《どうこうほういはん》……免停《めんてい》だな、こりゃ……)

犯人《はんにん》と平次《へいじ》のバイクはトンネルを抜《ぬ》け、さらに陸橋《りっきょう》を渡《わた》った。その先《さき》の線路《せんろ》は右《みぎ》にカーブしている。すると突然《とつぜん》、犯人《はんにん》は左手《ひだりて》に持《も》っていた発炎筒《はつえんとう》をハンドルで擦《す》って着火《ちゃっか》した。かざした発煙筒《はつえんとう》からもくもくと煙《けむり》が流《なが》れ、追《お》ってきた平次《へいじ》のバイクを覆《おお》う。

「何《なん》のつもりや……？」

煙《けむり》に覆《おお》われた平次《へいじ》は、怪訝《けげん》そうに目《め》を凝《こ》らした。すると、煙《けむり》の中《なか》から何《なに》やら大《おお》きな影《かげ》が迫《せま》ってくるのがぼんやりと見《み》えた。

パアァァンと警告音《けいこくおん》がけたたましく鳴《な》った瞬間《しゅんかん》——電車《でんしゃ》が目《め》の前《まえ》に現《あらわ》れ、平次《へいじ》はとっさに左《ひだり》によけた。電車《でんしゃ》がすれすれで通過《つうか》し、バランスを崩《くず》したバイクは線路脇《せんろわき》の岩《いわ》にぶつかって、平次《へいじ》とコナンは地面《じめん》に放《ほう》り出《だ》された。

すぐに起《お》き上《あ》がった二人《ふたり》は犯人《はんにん》のバイクの行方《ゆくえ》を追《お》ったが、踏切《ふみきり》を渡《わた》った犯人《はんにん》のバイクはすでに坂《さか》の下《した》の丸木橋《まるきばし》を渡《わた》り、あっという間《ま》に見《み》えなくなってしまった——。

「くそっ!!」

平次《へいじ》は地面《じめん》に落《お》ちていた発煙筒《はつえんとう》を踏《ふ》み潰《つぶ》し、「あともうちょっとやったのに……!」と悔《くや》しがった。

「今《いま》のヤツ、〈源氏蛍《げんじぼたる》〉のメンバー殺害《さつがい》した犯人《はんにん》やったんやろな」

「多分《たぶん》な……だが、なぜオメーを狙《ねら》ったのかがわからねぇ」

ヘルメットを取《と》ったコナンは、険《けわ》しい目《め》で犯人《はんにん》が走《はし》り去《さ》っていった方《ほう》を見《み》つめた。

平次《へいじ》を狙《ねら》ったのは、〈源氏蛍《げんじぼたる》〉のメンバーを殺害《さつがい》した人物《じんぶつ》にほぼ間違《まちが》いないだろう。けれど、犯人《はんにん》はなぜ〈源氏蛍《げんじぼたる》〉と関係《かんけい》のない平次《へいじ》を狙《ねら》ったのか——。

コナンには犯人《はんにん》の意図《いと》がまるでつかめなかった。

平次《へいじ》とコナンが山能寺《さんのうじ》に戻《もど》る頃《ころ》には、すっかり空《そら》が暗《くら》くなっていた。

「あれ？　服部君《はっとりくん》……？」

園子《そのこ》と和葉《かずは》と一緒《いっしょ》に山能寺《さんのうじ》の門《もん》から出《で》てきた蘭《らん》が、ちょうど到着《とうちゃく》した平次《へいじ》のバイクに気《き》づいた。

「何《なん》でここに？」

「いや、町《まち》で偶然《ぐうぜん》、工藤《くどう》――やのうて、このボウズと会《お》うてな……。一緒《いっしょ》に絵《え》ェの謎解《なぞと》こ思《おも》て……」

平次《へいじ》がコナンと顔《かお》を見合《みあ》わせてハハ……と苦笑《にがわら》いをすると、園子《そのこ》がからかうように近《ちか》づいてきた。

「それで、絵《え》ェの謎《なぞ》は解《と》けたの？」

「まだや。結構難《けっこうむずか》しいなぁ」

「ところで、おじさんは解《と》けたの？」

コナンが話《はなし》をそらそうとしてたずねると、蘭《らん》は「それがねぇ……」と不機嫌《ふきげん》そうに言《い》った。

5

鴨川《かもがわ》に沿《そ》った細長《ほそなが》い区域《くいき》〈先斗町《ぽんとちょう》〉は京都《きょうと》の有名《ゆうめい》な花街《かがい》のひとつで、紅殻格子《べんがらごうし》の古《ふる》い家《いえ》が両側《りょうがわ》に建《た》ち並《なら》ぶ狭《せま》い路地《ろじ》に、茶屋《ちゃや》『桜屋《さくらや》』はあった。

二階《にかい》の奥《おく》の座敷《ざしき》では小五郎《こごろう》、竜円《りゅうえん》、桜正造《さくらしょうぞう》、水尾《みずお》、西条《さいじょう》が杯《さかずき》をかたむけ、芸妓《げいこ》の市佳代《いちかよ》の三味線《しゃみせん》と唄《うた》に合《あ》わせて舞妓《まいこ》の千賀鈴《ちかすず》が舞《まい》を披露《ひろう》していた。

「いよっ、千賀鈴《ちかすず》ちゃん、日本一《にほんいち》〜！」

舞《ま》い終《お》えてお辞儀《じぎ》をする千賀鈴《ちかすず》に、顔《かお》を真《ま》っ赤《か》にした小五郎《こごろう》が一際大《ひときわおお》げさな拍手《はくしゅ》をする。

「おおきに。おめだるおす（お目汚《めよご》しです）」

「ささっ、毛利先生《もうりせんせい》にお酌《しゃく》して」

小五郎《こごろう》の隣《となり》に座《すわ》った竜円《りゅうえん》がうながすと、千賀鈴《ちかすず》は「へえ」と小五郎《こごろう》の横《よこ》について徳利《とっくり》を手《て》に取《と》った。デレデレと鼻《はな》の下《した》を伸《の》ばした小五郎《こごろう》に、「ごめんやす」とお酒《さけ》を注《つ》ぐ。

「いやぁ～もう小五郎《こごろう》ちゃん、天《てん》にも昇《のぼ》りそう♡」

「そのまま昇《のぼ》ってったら!!」

蘭《らん》の不機嫌《ふきげん》な声《こえ》が聞《き》こえてきて、小五郎《こごろう》は思《おも》わず酒《さけ》をプフッと噴《ふ》いた。戸口《とぐち》を振《ふ》り返《かえ》ると、蘭《らん》の他《ほか》にコナン、園子《そのこ》、和葉《かずは》も立《た》っている。

「お、おまえたち、どうして!?」

「へへ～、住職《じゅうしょく》さんが教《おし》えてくれたんだ♪」

園子《そのこ》が言《い》うと、小五郎《こごろう》はカァ～ッと嘆《なげ》き、竜円《りゅうえん》は「そうですか、住職《じゅうしょく》さんが……」とちょっと意外《いがい》そうな顔《かお》をした。

「ほな皆《みな》さん、ご一緒《いっしょ》にいかがです？」

「すみませーん、お邪魔《じゃま》しまーす！」

桜《さくら》と西条《さいじょう》が横《よこ》にずれて、園子《そのこ》はそそくさと桜正造《さくらしょうぞう》の横《よこ》に座《すわ》った。その横《よこ》に和葉《かずは》が座《すわ》り、蘭《らん》とコナンは小五郎《こごろう》と千賀鈴《ちかすず》の間《あいだ》に座《すわ》ると、一緒《いっしょ》に来《き》ていた平次《へいじ》が遅《おく》れて戸口《とぐち》から顔《かお》を出《だ》した。

するとそのとき、座敷《ざしき》にいる人間《にんげん》の中《なか》に一人《ひとり》、平次《へいじ》に鋭《するど》い目《め》を向《む》けた者《もの》がいた。しかし、平次《へいじ》はその視線《しせん》に気《き》づくことなく、千賀鈴《ちかすず》と和葉《かずは》の間《あいだ》に腰《こし》かけた。

「あれ？　あんた宮川町《みやがわちょう》の……」

平次《へいじ》は隣《となり》の千賀鈴《ちかすず》を指差《ゆびさ》した。どこかで見《み》たことある顔《かお》だと思《おも》ったら、宮川町《みやがわちょう》でひったくりから財布《さいふ》を取《と》り戻《もど》したときに会《あ》った舞妓《まいこ》だ。

「へえ、千賀鈴《ちかすず》どす。その節《せつ》はおおきに」

「知《し》り合《あ》いなん？　平次《へいじ》」

驚《おどろ》いた和葉《かずは》がたずねると、平次《へいじ》は「ああ、ちょっとな」と答《こた》えた。詳《くわ》しく語《かた》ろうとしない平次《へいじ》に、和葉《かずは》の表情《ひょうじょう》が曇《くも》る。

あぁ……と顔《かお》を手《て》で覆《おお》って嘆《なげ》く小五郎《こごろう》に、蘭《らん》は「もぉ！　ちょっと目《め》を離《はな》すとこれなんだから！」と頬《ほお》をふくらませた。すると、竜円《りゅうえん》が「蘭《らん》さん」と声《こえ》をかける。

「お父《とう》さんを叱《しか》らんといてあげてください。お誘《さそ》いしたんは私《わたし》らなんですから」

「そうや。名探偵《めいたんてい》に〈源氏蛍《げんじぼたる》〉の事件《じけん》、推理《すいり》してもらお思《おも》てな」

桜正造《さくらしょうぞう》の言葉《ことば》に、そばにいた女将《おかみ》が「〈源氏蛍《げんじぼたる》〉というたら……」と口《くち》を開《ひら》く。

「メンバーは皆《みな》『義経記《ぎけいき》』を持《も》ってはるそうどすなぁ」

「わしも持《も》ってるがな。あれはええ本《ほん》やで、なぁ古本屋《ふるほんや》」

と桜正造《さくらしょうぞう》が目《め》を向《む》けると、西条《さいじょう》は「ええ……」と苦笑《にがわら》いをした。

「けど、僕《ぼく》はあまり好《す》きやおまへん……『義経記《ぎけいき》』いうても、実際《じっさい》は弁慶《べんけい》の活躍《かつやく》を描《えが》いた〝弁慶記《べんけいき》〟ですから」

「私《わたし》は好《す》きやで？　特《とく》に『安宅《あたか》』の弁慶《べんけい》、最高《さいこう》や」

西条《さいじょう》とは異《こと》なる意見《いけん》を述《の》べる水尾《みずお》に、園子《そのこ》は「『あたか』って何《なん》ですか？」とたずねた。

「能《のう》の出《だ》し物《もの》のひとつや。頼朝《よりとも》の追《お》っ手《て》から逃《のが》れる途中《とちゅう》、義経《よしつね》と家来《けらい》たちは山伏《やまぶし》に変装《へんそう》して、安宅《あたか》の関所《せきしょ》を抜《ぬ》けようとするんやけど……」

水尾《みずお》が説明《せつめい》していると、酒《さけ》を飲《の》んでいた桜正造《さくらしょうぞう》が引《ひ》き継《つ》ぐように口《くち》を開《ひら》いた。

「変装《へんそう》を義経《よしつね》だけが見破《みやぶ》られそうになってな、弁慶《べんけい》はとっさに金剛杖《こんごうづえ》で義経《よしつね》を叩《たた》いたんや」

「え？　どうして？」

「関所《せきしょ》の番人《ばんにん》を欺《あざむ》くためや。まさか家来《けらい》が主君《しゅくん》を杖《つえ》で打《う》つなんて考《かんが》えられへんやろ？」

園子《そのこ》の問《と》いに桜《さくら》が答《こた》えると、今度《こんど》は水尾《みずお》が引《ひ》き継《つ》いだ。

「それで義経一行《よしつねいっこう》は無事《ぶじ》、関所《せきしょ》を通過《つうか》できたんや。後《あと》で弁慶《べんけい》は涙《なみだ》ながらに義経《よしつね》に謝《あやま》るが、逆《ぎゃく》に義経《よしつね》は弁慶《べんけい》の機転《きてん》をほめる。二人《ふたり》の絆《きずな》の深《ふか》さがわかるええ話《はなし》やな」

水尾《みずお》の言葉《ことば》に、隣《となり》の西条《さいじょう》が小《ちい》さくうなずく。すると、桜正造《さくらしょうぞう》が「ああ、えらいすまんけど」と女将《おかみ》に声《こえ》をかけた。

「ここんとこ寝不足《ねぶそく》でな、下《した》の部屋《へや》でしばらく休《やす》ましてもろてもええやろか？」

「それやったら、今晩《こんばん》は他《ほか》にお客《きゃく》さんいたはらへんし、隣《となり》の部屋《へや》で……」

「いや、下《した》の方《ほう》が落《お》ち着《つ》いてええんや。そやな」

桜正造《さくらしょうぞう》は腕時計《うでどけい》を見《み》た。――八時十五分《はちじじゅうごふん》。

「九時《くじ》に起《お》こしてもらおか」

そう言《い》って、ヨッ、と立《た》ち上《あ》がると、「いやぁ、皆《みな》さんは楽《たの》しんどってください」と座《ざ》敷《しき》を出《で》ていった。


「わあ、川《かわ》が見《み》える♡」

座敷《ざしき》の障子《しょうじ》を開《あ》けた園子《そのこ》は、目《め》の前《まえ》を流《なが》れる川《かわ》に目《め》を輝《かがや》かせた。市佳代《いちかよ》が「鴨川《かもがわ》どす」と教《おし》えてくれる。

鴨川《かもがわ》の向《む》こう岸《ぎし》には、川沿《かわぞ》いに植《う》えられた桜《さくら》がライトアップされ、春《はる》の夜《よ》に幻想的《げんそうてき》な彩《いろど》りが浮《う》かび上《あ》がっていた。

「桜《さくら》がきれい♡」

うっとりとする園子《そのこ》の横《よこ》に、和葉《かずは》が「ほんまやね」と並《なら》ぶ。

「蘭《らん》も来《き》てみなよ」

園子《そのこ》に誘《さそ》われて、蘭《らん》は窓辺《まどべ》に歩《あゆ》み寄《よ》った。コナンと平次《へいじ》も隣《となり》の障子《しょうじ》を開《あ》けて外《そと》を見《み》る。

建物《たてもの》の下《した》を見《み》ると、鴨川《かもがわ》の手前《てまえ》には細《ほそ》い川《かわ》が流《なが》れていて、間《あいだ》の河原《かわら》にはたくさんのカップルが等間隔《とうかんかく》で座《すわ》り、寄《よ》り添《そ》って対岸《たいがん》の桜並木《さくらなみき》を眺《なが》めていた。

「鴨川《かもがわ》の河原《かわら》からカップルで見《み》るのもよろしおすけど、この建物《たてもの》の下《した》を流《なが》れてるみそぎ川《がわ》はさんで眺《なが》める桜《さくら》は、また格別《かくべつ》どす」

「ホント、きれいね……」

蘭《らん》がその美《うつく》しい景色《けしき》に思《おも》わず身《み》を乗《の》り出《だ》して眺《なが》めると、

「いやぁ〜、きれいっス♡」

背後《はいご》から小五郎《こごろう》の声《こえ》が聞《き》こえてきた。振《ふ》り返《かえ》ると、鼻《はな》の下《した》を伸《の》ばした小五郎《こごろう》が千賀鈴《ちかすず》の左手《ひだりて》を持《も》ち、自分《じぶん》の頬《ほお》にすり寄《よ》せていた。

「まるで白魚《しらうお》のような指《ゆび》、食《た》べちゃいたい♡　あ〜ん……」

と千賀鈴《ちかすず》の手《て》を口《くち》の中《なか》に入《い》れる真似《まね》をしたとき、親指《おやゆび》の付《つ》け根《ね》に貼《は》ってある絆創膏《ばんそうこう》に気《き》づいた。

「あれ？　怪我《けが》しちゃったのかな？」

「へえ、ちょっと……」

千賀鈴《ちかすず》が左手《ひだりて》をサッと引《ひ》っ込《こ》めると、

「小五郎《こごろう》ちゃんが治《なお》してあげるよん」

デレデレした小五郎《こごろう》は両手《りょうて》を広《ひろ》げて近《ちか》づこうとした。

「いい加減《かげん》にしなさい!!」

堪忍袋《かんにんぶくろ》の緒《お》が切《き》れた蘭《らん》が歩《あゆ》み寄《よ》って怒鳴《どな》りつける。

(こりねーオヤジ……)

娘《むすめ》に叱《しか》られる小五郎《こごろう》を見《み》て、コナンはハハ……と苦笑《にがわら》いをした。すると、

「おい、あれ見《み》てみ」

平次《へいじ》がささやいて、外《そと》を見《み》た。コナンも手《て》すりに手《て》をかけて下《した》をのぞくと、カップルだらけの河原《かわら》で、見覚《みおぼ》えのある男《おとこ》がたたずんでいた。コナンたちがいる茶屋《ちゃや》をじっと見上《みあ》げている。

「綾小路《あやのこうじ》警部《けいぶ》！」

「何《なに》してんねや、あんなとこで」

コナンたちに見《み》られているのに気《き》づいた綾小路《あやのこうじ》は、踵《きびす》を返《かえ》して去《さ》っていった。

外《そと》を見《み》ていた蘭《らん》たちに、水尾《みずお》が「君《きみ》ら」と声《こえ》をかける。

「下《した》のベランダ行《い》って夜桜見物《よざくらけんぶつ》してきたらええ。今晩《こんばん》はじきに雲《くも》も晴《は》れてええ月《つき》が出《で》るそうや」

「行《い》こうか」

「うん、いいね！」

乗《の》り気《き》の園子《そのこ》たちに、コナンは「ボクはここにいるよ」と言《い》った。

「オレもや」

平次《へいじ》の言葉《ことば》に和葉《かずは》が「何《なん》で？」と眉《まゆ》を寄《よ》せる。

「あの舞妓《まいこ》さんが気《き》になんの？」

「アホ！　しょーもないこと言《い》うな」

軽《かる》く受《う》け流《なが》された和葉《かずは》はフンッとそっぽを向《む》いた。

蘭《らん》たちが一階《いっかい》におりていくと、小五郎《こごろう》たちはお座敷遊《ざしきあそ》びを始《はじ》めた。千賀鈴《ちかすず》と小五郎《こごろう》が膳《ぜん》をはさんで向《む》かい合《あ》い、市佳代《いちかよ》が唄《うた》う『金毘羅《こんぴら》ふねふね』に合《あ》わせて、膳《ぜん》の上《うえ》に置《お》かれたひとつのおちょこに手《て》を交互《こうご》にのせる。

「金毘羅《こんぴら》ふねふね、追手《おいて》に帆《ほ》かけて、シュラシュシュシュ〜♪」

「ほいっ、あよいしょ！　それっ、ほっ！」

おちょこをどちらかが取《と》ったら、相手《あいて》は手《て》をグーにして膳《ぜん》の上《うえ》に出《だ》す。間違《まちが》えたら負《ま》けというゲームなのだが、千賀鈴《ちかすず》がおちょこを取《と》ると、小五郎《こごろう》はパーを出《だ》してしまった。

「あひ〜っ！　しまったァ!!」

座敷《ざしき》の隅《すみ》でお座敷遊《ざしきあそ》びを見《み》ていた平次《へいじ》は、負《ま》けてもデヘヘ……と嬉《うれ》しそうに舌《した》を出《だ》す小《こ》五郎《ごろう》に唖然《あぜん》とする。

「エンジン全開《ぜんかい》やな、あのおっちゃん」

「いつも開《ひら》きっぱなしさ」

コナンもあきれ顔《がお》で小五郎《こごろう》を見《み》ていると、トイレから戻《もど》ってきた竜円《りゅうえん》が部屋《へや》に入《はい》って襖《ふすま》を閉《し》めた。

西条《さいじょう》が「僕《ぼく》もトイレや」と立《た》ち上《あ》がり、千賀鈴《ちかすず》が付《つ》き添《そ》おうと腰《こし》を浮《う》かす。

「大丈夫《だいじょうぶ》。まだ酔《よ》うてへんから。君《きみ》は毛利先生《もうりせんせい》を」

「へぇ」

「おっしゃ～、行《い》くで～♡」

小五郎《こごろう》が千賀鈴《ちかすず》と再《ふたた》び『金毘羅《こんぴら》ふねふね』を始《はじ》め、西条《さいじょう》と入《い》れ替《か》わりに入《はい》ってきた竜円《りゅうえん》は膳《ぜん》のそばに座《すわ》って窓《まど》の外《そと》を見《み》た。

「お、月《つき》が出《で》てきた」

コナンも振《ふ》り返《かえ》って外《そと》を見《み》ると、空《そら》にかかっていた細《ほそ》い雲《くも》が流《なが》れて、丸《まる》い月《つき》がその美《うつく》しい姿《すがた》を現《あらわ》した。

「……月《つき》か……」

コナンの独《ひと》り言《ごと》に、平次《へいじ》が「ん？　何《なん》や」と反応《はんのう》する。

「いや……前《まえ》に蘭《らん》と待《ま》ち合《あ》わせしたときのことを思《おも》い出《だ》してな。約束《やくそく》を思《おも》い出《だ》したときにはもう、二時間《にじかん》も遅刻《ちこく》していたんだ」

「そら、きついな」

「オレも、まさかもう待《ま》ってねーだろうと思《おも》ったが、一応《いちおう》、待《ま》ち合《あ》わせの場所《ばしょ》に行《い》ってみたら……」

コナンはその夜《よる》のことを思《おも》い出《だ》しながら、ゆっくりと語《かた》り始《はじ》めた。

あれは確《たし》か、十四歳《じゅうよんさい》のときだ。

蘭《らん》と美術館《びじゅつかん》に行《い》く約束《やくそく》をすっかり忘《わす》れてしまい、気《き》づいたときはもう約束《やくそく》の時間《じかん》を二時《にじ》間《かん》も過《す》ぎていて、空《そら》もすっかり暗《くら》くなっていた。

さすがに蘭《らん》も怒《おこ》って帰《かえ》っただろうと思《おも》ったが、もしかしたら……という思《おも》いが一瞬《いっしゅん》頭《あたま》をよぎって、念《ねん》のために待《ま》ち合《あ》わせした美術館《びじゅつかん》に向《む》かった。

その日《ひ》は昼間《ひるま》から曇《くも》りで、夜《よる》になっても空《そら》には厚《あつ》い雲《くも》がかかっていた。公園《こうえん》の隣《となり》にある美術館《びじゅつかん》の周《まわ》りは街灯《がいとう》も少《すく》なく、新一《しんいち》は暗《くら》い道《みち》を美術館《びじゅつかん》の門《もん》に向《む》かって走《はし》った。

美術館《びじゅつかん》はとっくに閉《し》まっていて、門《もん》の前《まえ》も真《ま》っ暗《くら》だった。

「誰《だれ》……？」

真《ま》っ暗《くら》な門《もん》の前《まえ》から蘭《らん》の声《こえ》が聞《き》こえてきたとたん、空《そら》の雲《くも》が流《なが》れて、月《つき》が顔《かお》を出《だ》し始《はじ》めた。柔《やわ》らかな月《つき》の明《あ》かりが、門《もん》の前《まえ》に立《た》っていた蘭《らん》と荒《あら》い息《いき》をしながらゆっくりと近《ちか》づく新一《しんいち》を照《て》らし出《だ》す。

「悪《わる》い、蘭《らん》！　実《じつ》はオレ、すっかり――」

新一《しんいち》が両手《りょうて》を合《あ》わせて謝《あやま》ろうとすると、蘭《らん》は「よかった」と優《やさ》しく微笑《ほほえ》んだ。

「新一《しんいち》の身《み》に何《なに》か起《お》こったんじゃないかって心配《しんぱい》してたんだ」

「え……」

それは思《おも》いもよらぬ言葉《ことば》だった。

二時間《にじかん》も待《ま》ちぼうけを食《く》らったのに、怒《おこ》るどころか、待《ま》ち合《あ》わせに来《こ》ない新一《しんいち》の身《み》を心《しん》配《ぱい》してくれたのだ――。


「そんときやろ。あの子《こ》のこと、ただの幼《おさな》なじみや思《おも》てたんが、変《か》わったんは！」

思《おも》い出話《でばなし》を聞《き》いた平次《へいじ》は、からかうようにコナンを小突《こづ》いた。

「バ、バーロォ！　んなんじゃねーよ」

照《て》れながら否定《ひてい》したコナンは、窓《まど》からそっと階下《かいか》のベランダを見下《みお》ろした。

ベランダでは、蘭《らん》が園子《そのこ》や和葉《かずは》と料理《りょうり》ののった座卓《ざたく》を囲《かこ》んで夜桜《よざくら》を楽《たの》しんでいる。

（あいつのことは、ずっと前《まえ》から……）

コナンは蘭《らん》の後《うし》ろ姿《すがた》を愛《いと》しそうに見《み》つめた。

（あいつは、今《いま》もオレのことを待《ま》ってるんだよなぁ……）

二時間《にじかん》どころじゃない。それよりずっと長《なが》い時間《じかん》。

蘭《らん》は、オレが小《ちい》さくなってしまってからずっと、オレのことを待《ま》っている。

オレは一体《いったい》いつまで蘭《らん》を待《ま》たせてしまうんだろうか……。

蘭《らん》がふと振《ふ》り返《かえ》って二階《にかい》を見上《みあ》げると、窓《まど》から顔《かお》をのぞかせていたコナンが慌《あわ》てたように引《ひ》っ込《こ》んだ。

「どうしたん、蘭《らん》ちゃん？」

「ううん。何《なん》でもない」

蘭《らん》に笑顔《えがお》で言《い》われた和葉《かずは》は、二階《にかい》を見上《みあ》げた。すると、二階《にかい》の窓《まど》から平次《へいじ》が身《み》を乗《の》り出《だ》し、Vサイン《ブイ》をしている。

自分《じぶん》がいないところであの舞妓《まいこ》さんと仲良《なかよ》くしているのかと思《おも》うと、和葉《かずは》はメラメラと怒《いか》りがこみ上《あ》げてきた。

「平次《へいじ》のヤツぅ……ホンマ腹立《はらた》つ！」

「でも……和葉《かずは》ちゃん、うらやましい」

蘭《らん》がぽつりともらして、和葉《かずは》は「え⁉」と驚《おどろ》いた。

「だって、会《あ》いたいときに会《あ》えるんだもん……」

「……蘭《らん》ちゃん……」

寂《さび》しげにつぶやく蘭《らん》を見《み》て、和葉《かずは》は気《き》づいた。

自分《じぶん》と平次《へいじ》は幼《おさな》なじみで、毎日《まいにち》のように会《あ》うのが当《あ》たり前《まえ》だと思《おも》っていた。でも、同《おな》じ幼《おさな》なじみでも、蘭《らん》と新一《しんいち》は違《ちが》う。もうずいぶん長《なが》い間《あいだ》、会《あ》っていないのだ。たとえ憎《にく》まれ口《ぐち》を叩《たた》かれようと、腹《はら》が立《た》とうと、顔《かお》を見《み》ることができればどんなに嬉《うれ》しいことだろう――。

園子《そのこ》も「そうだよね」と浮《う》かない顔《かお》で頬杖《ほおづえ》をついた。

「わたしも真《まこと》さんとなかなか会《あ》えないし……乙女《おとめ》の悩《なや》みは尽《つ》きないわぁ……」

三人《さんにん》がしんみりしていると、二階《にかい》から「とらとらとーらとら〜♪」と陽気《ようき》に唄《うた》う声《こえ》が聞《き》こえてきて、園子《そのこ》は憎《にく》らしげに二階《にかい》を見上《みあ》げた。

「それに比《くら》べて元気《げんき》よねぇ、オヤジ殿《どの》は……」

「千里《せんり》もある〜よ〜なあヤブの中《なか》を〜♪」

二階《にかい》の座敷《ざしき》では、小五郎《こごろう》と市佳代《いちかよ》が屏風《びょうぶ》の両側《りょうがわ》にいて『とらとら』遊《あそ》びをしていた。『とらとら』はジェスチャーとジャンケンが合《あ》わさった遊《あそ》びで、虎《とら》（四《よ》つん這《ば》い）、おばあさん（杖《つえ》をつく）、和藤内《わとうない》（槍《やり》を構《かま》える）のいずれかの格好《かっこう》をしながら前進《ぜんしん》し、唄《うた》の最後《さいご》で屏風《びょうぶ》から飛《と》び出《だ》して勝負《しょうぶ》する。虎《とら》はおばあさんに勝《か》ち、おばあさんは和藤内《わとうない》に勝《か》ち、和《わ》藤内《とうない》は虎《とら》に勝《か》つ。

「とらとらとーらとら〜♪」

竜円《りゅうえん》と西条《さいじょう》が手拍子《てびょうし》で唄《うた》う中《なか》、屏風《びょうぶ》から出《で》てきた市佳代《いちかよ》は槍《やり》を構《かま》え、小五郎《こごろう》は四《よ》つん這《ば》いになっていた。負《ま》けた小五郎《こごろう》が「あちゃ〜！」と畳《たたみ》の上《うえ》に倒《たお》れ、どっと笑《わら》いが起《お》こる。

その頃《ころ》、座敷《ざしき》を出《で》た水尾《みずお》は一階《いっかい》のトイレに向《む》かっていた。その後《うし》ろに千賀鈴《ちかすず》がついていく。

一階《いっかい》の部屋《へや》で帳簿《ちょうぼ》をつけていた女将《おかみ》は、ふと座卓《ざたく》の上《うえ》の時計《とけい》に目《め》をやった。

「あら」

時計《とけい》は八時五十九分《はちじごじゅうきゅうふん》を指《さ》していた。九時《くじ》に桜正造《さくらしょうぞう》を起《お》こす約束《やくそく》をしていた女将《おかみ》は、部屋《へや》から出《で》て奥《おく》にある予備《よび》の部屋《へや》に向《む》かった。

「桜《さくら》はん、九時《くじ》になりましたえ、桜《さくら》はん？」

部屋《へや》の外《そと》から声《こえ》をかけたが、返事《へんじ》はない。女将《おかみ》が「ごめんやす」と襖《ふすま》を開《あ》けると、部屋《へや》の中央《ちゅうおう》に敷《し》かれた布団《ふとん》に、桜《さくら》の姿《すがた》はなかった。掛《か》け布団《ぶとん》が無造作《むぞうさ》にめくれている。

「あら……どこ行《い》かはったんやろ？」

襖《ふすま》を閉《し》めた女将《おかみ》は反対側《はんたいがわ》のトイレを振《ふ》り返《かえ》った。しかし、誰《だれ》も入《はい》っている様子《ようす》はない。その横《よこ》の下《した》へおりる階段《かいだん》を見《み》て、「まさかなぁ……」とつぶやいた。地下《ちか》は納戸《なんど》や浴室《よくしつ》があるだけだ。

念《ねん》のため……と、女将《おかみ》は地階《ちかい》へおりた。

「桜《さくら》はん……？」

明《あ》かりのついていない真《ま》っ暗《くら》な廊下《ろうか》に向《む》かって呼《よ》びかける。ふと納戸《なんど》の方《ほう》を見《み》ると、戸《と》の隙間《すきま》から光《ひかり》がもれているのに気《き》づいた。まさか、この中《なか》に……？

女将《おかみ》はそろそろと納戸《なんど》の戸《と》を開《あ》けた。


「キャ―――ッ!!」

甲高《かんだか》い女性《じょせい》の悲鳴《ひめい》が茶屋中《ちゃやじゅう》に響《ひび》き渡《わた》り、座敷《ざしき》でジュースを飲《の》んでいたコナンと平次《へいじ》はハッと廊下《ろうか》を振《ふ》り返《かえ》った。お座敷遊《ざしきあそ》びをしていた小五郎《こごろう》たちも「えっ」と顔《かお》を上《あ》げる。

「何《なに》!? 今《いま》の悲鳴《ひめい》!」

ベランダにいた園子《そのこ》や蘭《らん》たちの耳《みみ》にも悲鳴《ひめい》は届《とど》いていた。

小五郎《こごろう》、コナン、平次《へいじ》は座敷《ざしき》を飛《と》び出《だ》して階段《かいだん》をおりた。西条《さいじょう》、竜円《りゅうえん》、水尾《みずお》も後《あと》に続《つづ》く。

「だ、誰《だれ》か〜!」

地下《ちか》から女将《おかみ》の声《こえ》がしてさらに階段《かいだん》をおりると、納戸《なんど》の前《まえ》で女将《おかみ》が震《ふる》えながら座《すわ》り込《こ》んでいた。

「どうしました?」

「さ、桜《さくら》はんが……!」

女将《おかみ》は顔《かお》をそむけながら、納戸《なんど》を指差《ゆびさ》した。小五郎《こごろう》たちが納戸《なんど》に駆《か》け寄《よ》って中《なか》をのぞくと、

「——!!」

桜正造《さくらしょうぞう》が首《くび》から血《ち》を流《なが》してあお向《む》けに倒《たお》れていた。

「さ、桜《さくら》さん!?」

平次《へいじ》の肩越《かたご》しにのぞいた竜円《りゅうえん》が青《あお》ざめる。小五郎《こごろう》は納戸《なんど》の前《まえ》で一同《いちどう》の方《ほう》を振《ふ》り返《かえ》った。

「誰《だれ》も中《なか》に入《はい》らないように！　蘭《らん》、警察《けいさつ》に電話《でんわ》だ！」

「はい！」

園子《そのこ》たちと共《とも》に駆《か》けつけた蘭《らん》が階段《かいだん》を駆《か》け上《あ》がると、小五郎《こごろう》は竜円《りゅうえん》たちを制《せい》して桜正造《さくらしょうぞう》の遺体《いたい》に近《ちか》づいた。平次《へいじ》も後《あと》に続《つづ》き、コナンは遺体《いたい》の前《まえ》で膝《ひざ》をついた平次《へいじ》の背後《はいご》からこっそりのぞいた。

「鋭利《えいり》な刃物《はもの》で頸動脈《けいどうみゃく》を切《き》られている」

倒《たお》れている桜正造《さくらしょうぞう》は首《くび》の左側《ひだりがわ》が切《き》られ、ワイシャツの襟《えり》が血《ち》で真《ま》っ赤《か》に染《そ》まっていた。

「見事《みごと》な切《き》り口《くち》や、こら一連《いちれん》の事件《じけん》と同一犯《どういっはん》かもな」

小五郎《こごろう》の横《よこ》で遺体《いたい》に怯《ひる》むことなく平然《へいぜん》と検証《けんしょう》をする平次《へいじ》に、戸口《とぐち》に立《た》っていた水尾《みずお》たちは目《め》を丸《まる》くした。

「君《きみ》、どこかで見《み》た顔《かお》やと思《おも》たら……」

「高校生探偵《こうこうせいたんてい》の服部平次君《はっとりへいじくん》か？」

西条《さいじょう》に訊《き》かれた平次《へいじ》が「そうや」と立《た》ち上《あ》がる。

「みんな警察《けいさつ》が来《く》るまで、さっきの部屋《へや》におってくれへんか？」

「絶対《ぜったい》に外《そと》へは出《で》ないように！」

小五郎《こごろう》からも厳《きび》しく言《い》い渡《わた》された竜円《りゅうえん》たちは「……わかりました」と階段《かいだん》を上《あ》がっていった。


竜円《りゅうえん》たちが部屋《へや》に戻《もど》っていくと、小五郎《こごろう》は納戸《なんど》の中《なか》を見回《みまわ》した。

床《ゆか》に横《よこ》たわる桜正造《さくらしょうぞう》の周囲《しゅうい》にはフタの開《あ》けられた箱《はこ》が散乱《さんらん》していて、棚《たな》に収納《しゅうのう》された箱《はこ》もところどころ開《あ》けられている。

「桜《さくら》さんは、納戸《なんど》の中《なか》を物色《ぶっしょく》しているときに殺害《さつがい》されたようだが、一体何《いったいなに》を……？」

小五郎《こごろう》が納戸《なんど》の奥《おく》へ入《はい》っていくと、コナンは戸口《とぐち》から顔《かお》を出《だ》し、こっそりと遺体《いたい》に近《ちか》づいた。あお向《む》けに倒《たお》れた桜《さくら》の上着《うわぎ》はボタンが全《すべ》て外《はず》され、腹《はら》の上《うえ》には長財布《ながざいふ》が開《ひら》いた状態《じょうたい》で放《ほう》り出《だ》されている。

「上着《うわぎ》のボタンが引《ひ》きちぎられているな」

「ああ、手袋《てぶくろ》の手《て》ェでボタン外《はず》すのが億劫《おっくう》やったんやろけど、札《さつ》がギッシリ詰《つ》まった財布《さいふ》は無事《ぶじ》や。物取《ものと》りの犯行《はんこう》やないな」

コナンはハンカチを持《も》った手《て》で、桜《さくら》の上着《うわぎ》のポケットを探《さぐ》った。すると、右《みぎ》のポケットに鍵束《かぎたば》が入《はい》っていた。

（鍵束《かぎたば》……？）

コナンが鍵束《かぎたば》を持《も》って立《た》ちあがろうすると、突然背後《とつぜんはいご》からグイッと襟《えり》をつかまれた。

「遺体《いたい》に触《さわ》るんじゃねぇ！　何度言《なんどい》ったらわかるんだ!!」

小五郎《こごろう》に持《も》ち上《あ》げられたコナンは、廊下《ろうか》に放《ほう》り出《だ》された。

「いってぇ……」

コナンが床《ゆか》に打《う》った尻《しり》を痛《いた》がっていると、ガラガラ……と上《うえ》から玄関《げんかん》の引《ひ》き戸《ど》の開《あ》く音《おと》がした。平次《へいじ》が階段《かいだん》を上《あ》がり、そっと玄関《げんかん》の方《ほう》をのぞき見《み》る。

すると、玄関《げんかん》には綾小路《あやのこうじ》と二人《ふたり》の警官《けいかん》が立《た》っていた。二階《にかい》から下《お》りてきた女将《おかみ》に、綾小《あやのこう》路《じ》が警察手帳《けいさつてちょう》を見《み》せる。

「京都府警《きょうとふけい》の綾小路《あやのこうじ》です」

「ご、ご苦労《くろう》さんどす。どうぞ」

女将《おかみ》が殺人現場《さつじんげんば》の納戸《なんど》へ案内《あんない》しようとすると、綾小路《あやのこうじ》は「あんたは表《おもて》を」と警官《けいかん》の一人《ひとり》に指示《しじ》をした。階段《かいだん》を上《あ》がってきた平次《へいじ》とコナンが、廊下《ろうか》の隅《すみ》に寄《よ》って綾小路《あやのこうじ》を迎《むか》える。

「こら京都府警《きょうとふけい》の刑事《けいじ》はん。えらい早《はよ》うお着《つ》きでんな」

綾小路《あやのこうじ》は平次《へいじ》の嫌味《いやみ》に反応《はんのう》することなく、通《とお》り過《す》ぎた。

「ねえ、今日《きょう》はシマリスは？」

コナンが声《こえ》をかけると、綾小路《あやのこうじ》は階段《かいだん》をおりる足《あし》を止《と》めた。

「いつも連《つ》れ歩《ある》いているわけやない！」

綾小路《あやのこうじ》と警官《けいかん》が地下《ちか》へおりていくのを見届《みとど》けた平次《へいじ》は、「どう思《おも》う？」とコナンに問《と》いかけた。

「外部犯《がいぶはん》やと思《おも》うか？」

「ゼロとは言《い》えねぇが、表《おもて》の引《ひ》き戸《ど》は開《あ》けると音《おと》がして、女将《おかみ》が気《き》づくはずだ」

コナンは警官《けいかん》が立《た》っている玄関《げんかん》をチラリと見《み》た。

綾小路《あやのこうじ》たちが入《はい》ってきたときも、女将《おかみ》は二階《にかい》からおりてきたし、地下《ちか》にいたコナンも引《ひ》き戸《ど》の音《おと》に気《き》づいた。

「それよりも……」とコナンは、ベランダに向《む》かった。蘭《らん》たちも二階《にかい》の座敷《ざしき》にあがっていて、今《いま》は誰《だれ》もいない。

「犯人《はんにん》は、桜《さくら》さんが何《なん》らかの理由《りゆう》で納戸《なんど》にいたことを知《し》っていた者《もの》。つまり——」

「桜《さくら》さんの知《し》り合《あ》いの西条《さいじょう》さん、竜円《りゅうえん》さん、水尾《みずお》さんの可能性《かのうせい》が高《たか》いっちゅうわけやな」

ベランダに出《で》て周囲《しゅうい》を見回《みまわ》したコナンは、ふと足元《あしもと》を見《み》て膝《ひざ》をついた。ベランダの床板《ゆかいた》の隙間《すきま》から、『桜屋《さくらや》』側《がわ》の土手《どて》とみそぎ川《がわ》の一部《いちぶ》が見《み》える。

「三人《さんにん》とも、桜《さくら》さんや蘭《らん》たちが出《で》ていったあとで、一度《いちど》ずつトイレに立《た》っている」

体《からだ》を起《お》こしたコナンは、平次《へいじ》に話《はな》しかけながら廊下《ろうか》へ移動《いどう》した。

「しかも、すぐ近《ちか》くには地下《ちか》への階段《かいだん》がある」

「三人《さんにん》ともトイレに行《い》くフリして、納戸《なんど》にいてた桜《さくら》さんを殺《ころ》すんは可能《かのう》やったちゅうわけやな」

階段《かいだん》をおりた二人《ふたり》は警官《けいかん》が立《た》っている納戸《なんど》を通《とお》り過《す》ぎ、隣《となり》の扉《とびら》を開《あ》けた。平次《へいじ》が扉《とびら》の近《ちか》くの電灯《でんとう》スイッチを押《お》す。隣《となり》は脱衣所《だついじょ》と浴室《よくしつ》になっていて、コナンはすぐに扉《とびら》を閉《し》めた。

「ただひとつ気《き》になるのは、水尾《みずお》さんがトイレに行《い》ったとき、千賀鈴《ちかすず》さんがついてったことだ」

「ああ……舞妓《まいこ》さんは皆《みな》そうするみたいや」

コナンは廊下《ろうか》を進《すす》み、奥《おく》のガラス窓《まど》を見上《みあ》げた。天井近《てんじょうちか》くにある細長《ほそなが》いガラス窓《まど》は、人《ひと》が一人通《ひとりとお》り抜《ぬ》けられるかどうかの高《たか》さしかなく、窓《まど》の鍵《かぎ》はかかっていないようだった。さらにコナンは、廊下《ろうか》をはさんで浴室《よくしつ》の向《む》かい側《がわ》にある扉《とびら》を開《あ》けた。そこは収納庫《しゅうのうこ》になっていて、中《なか》には荷物《にもつ》がぎっしり入《はい》っている。

「けど、竜円《りゅうえん》さんと、西条《さいじょう》さんのときは行《い》かへんかったけどな」

「あれは、おっちゃんとゲームをしていたからだ。逆《ぎゃく》に言《い》えば、そのときを狙《ねら》ってトイレに立《た》ったのかもしれない」

「ちゅうことは……」と平次《へいじ》はあごに手《て》を当《あ》てた。

「竜円《りゅうえん》さんか西条《さいじょう》さんが犯人《はんにん》で、水尾《みずお》さんはシロか？」

「千賀鈴《ちかすず》さんが共犯《きょうはん》でなければな」

「ん？　……そやな」

もっともだと納得《なっとく》した平次《へいじ》は「ほな行《い》こか」と階段《かいだん》の方《ほう》を向《む》いた。

「え？」

「とぼけたらアカン……そのために桜《さくら》さんの上着《うわぎ》を探《さぐ》ってたんやろ？」

「……ああ、これか」

コナンはポケットから鍵束《かぎたば》を取《と》り出《だ》すと、ニヤリと笑《わら》った。

「桜《さくら》さんの店《みせ》は、確《たし》か寺町通《てらまちどおり》だったな……！」

6

寺町通《てらまちどおり》にある〈桜古美術店《さくらこびじゅつてん》〉は一階《いっかい》が店舗《てんぽ》、二階《にかい》・三階《さんがい》が住宅《じゅうたく》になっていた。店舗《てんぽ》にはシャッターが下《お》ろされ、二階《にかい》の玄関《げんかん》だけ明《あ》かりがついている。

桜正造《さくらしょうぞう》が持《も》っていた鍵《かぎ》で家《いえ》の中《なか》に入《はい》ったコナンと平次《へいじ》は、書斎《しょさい》を調《しら》べることにした。

壁一面《かべいちめん》の本棚《ほんだな》には何百冊《なんびゃくさつ》もの本《ほん》が置《お》かれていて、二人《ふたり》は片《かた》っ端《ぱし》から本《ほん》を取《と》り出《だ》して調《しら》べていく。

デスクの椅子《いす》にのぼって本《ほん》を調《しら》べていたコナンは、緋色《ひいろ》の表紙《ひょうし》をした本《ほん》を取《と》り出《だ》した。

「『義経記《ぎけいき》』……」

本《ほん》を開《ひら》いたコナンは、表紙《ひょうし》の裏《うら》にあった筆文字《ふでもじ》を見《み》て「え!?」と声《こえ》を上《あ》げた。

〈伊勢三郎《いせのさぶろう》〉と書《か》かれている――――!

「服部《はっとり》!」

コナンに呼《よ》ばれた平次《へいじ》はデスクを回《まわ》り込《こ》んで近《ちか》づき、表紙《ひょうし》の裏《うら》のサインを見《み》て「何《なに》!?」と驚《おどろ》いた。

「桜《さくら》さんは〈伊勢三郎《いせのさぶろう》〉やったんか！　――ん？　何《なん》やこれ」

本《ほん》の間《あいだ》にはさまっている紙片《しへん》に気《き》づいた平次《へいじ》は、白手袋《しろてぶくろ》をはめた手《て》でスッと抜《ぬ》き、たたまれた紙《かみ》を開《ひら》いた。

「これは……！」

「例《れい》の絵《え》のコピー!!」

それは、山能寺《さんのうじ》に届《とど》けられた謎《なぞ》の絵《え》のコピーだった。

「どういうこっちゃ？　桜《さくら》さんがこの絵《え》ェ持《も》ってたっちゅうことは……」

「あの手紙《てがみ》を山能寺《さんのうじ》に届《とど》けたのは桜《さくら》さんってことだ！　だが、何《なん》のために……？」

調《しら》べれば調《しら》べるほど深《ふか》まる謎《なぞ》に、コナンは眉《まゆ》をひそめた。

「何《なん》だと!?　桜《さくら》さんが〈伊勢三郎《いせのさぶろう》〉!?」

平次《へいじ》とコナンは山能寺《さんのうじ》に戻《もど》っていた小五郎《こごろう》に、桜正造《さくらしょうぞう》の書斎《しょさい》で見《み》つけた『義経記《ぎけいき》』と絵《え》のコピーのことを伝《つた》えた。客間《きゃくま》には蘭《らん》、園子《そのこ》、そして和葉《かずは》もいる。

「ああ。あの人《ひと》は〈源氏蛍《げんじぼたる》〉のメンバーやったんや」

平次《へいじ》に言《い》われて、小五郎《こごろう》は「待《ま》てよ。これで殺害《さつがい》されたのは……」と殺害《さつがい》された〈源氏《げんじ》蛍《ぼたる》〉のメンバーの名前《なまえ》を思《おも》い浮《う》かべた。

〝駿河次郎《するがのじろう》、伊勢三郎《いせのさぶろう》、備前平四郎《びぜんのへいしろう》、亀井六郎《かめいのろくろう》、鷲尾七郎《わしのおのしちろう》、片岡八郎《かたおかのはちろう》〟

「まさか、次《つぎ》は抜《ぬ》けている『五《ご》』のつく俺《おれ》じゃあ……！」

と青《あお》ざめる小五郎《こごろう》に、平次《へいじ》は「ハァ？」と顔《かお》をしかめた。

（それは前《まえ》にあっただろ……）

コナンは小五郎《こごろう》の迷推理《めいすいり》に脱力《だつりょく》しながら、心《こころ》の中《なか》で突《つ》っ込《こ》んだ。

以前《いぜん》、名前《なまえ》に数字《すうじ》が入《はい》っている人物《じんぶつ》が次々《つぎつぎ》と殺害《さつがい》される事件《じけん》に巻《ま》き込《こ》まれた小五郎《こごろう》は、今回《こんかい》も同《おな》じやり口《くち》ではないかと考《かんが》えたのだ。

コナンはやれやれと思《おも》いながら「ねぇ」と口《くち》を開《ひら》いた。

「桜《さくら》さんの家《いえ》にあった絵《え》がコピーだったってことは、本物《ほんもの》は桜《さくら》さんが持《も》ち歩《ある》いてて、それを犯人《はんにん》が取《と》っていったんじゃない？」

「なるほど！　犯人《はんにん》は桜《さくら》さんが絵《え》ェをコピーしてたとは思《おも》わんかったんやな」

平次《へいじ》が納得《なっとく》すると、隣《となり》に座《すわ》った和葉《かずは》が「それで、犯人《はんにん》は一体誰《いったいだれ》なん？」と訊《き》いた。

「オレは竜円《りゅうえん》さんか西条《さいじょう》さん、水尾《みずお》さん、千賀鈴《ちかすず》さんの誰《だれ》かやと思《おも》う」

自信《じしん》ありげに答《こた》える平次《へいじ》に、蘭《らん》と園子《そのこ》が「えーっ!?」と目《め》を丸《まる》くする。

「でも、誰《だれ》も凶器《きょうき》持《も》ってなかったわよ？」

「あんたたちが抜《ぬ》け出《だ》したあとで、身体検査《しんたいけんさ》されたんだから」

「まぁ人殺《ひとあや》めたあとで凶器《きょうき》持《も》ってるアホはおらんからな、どっかに捨《す》てたか隠《かく》したんやろ」

「でも、店《みせ》の中《なか》からは見《み》つからなかったみたい」

蘭《らん》が言《い》うと、コナンは「みそぎ川《がわ》は？」と訊《き》いた。

「地下《ちか》の廊下奥《ろうかおく》のガラス窓《まど》から捨《す》てたんじゃない？」

すると突然《とつぜん》、コナンの正面《しょうめん》に座《すわ》っていた園子《そのこ》が「だしょっ！　わたしもそう思《おも》ったのよ!!」と身《み》を乗《の》り出《だ》した。

「園子《そのこ》がね、みそぎ川《がわ》に何《なに》かが落《お》ちた水音《みずおと》を聞《き》いたって言《い》うのよ」

「ホンマか!?」

平次《へいじ》に訊《き》かれた園子《そのこ》は、「間違《まちが》いないわ！」と断言《だんげん》した。

「でもね、警察《けいさつ》が川《かわ》を捜索《そうさく》したけど何《なに》も出《で》てこなかったのよ？　不思議《ふしぎ》なんだなぁ、これが」

「それやったら共犯者《きょうはんしゃ》や！　外《そと》に共犯者《きょうはんしゃ》がおって、川《かわ》から凶器《きょうき》を拾《ひろ》ったんや！」

平次《へいじ》の推理《すいり》に、コナンは「それはないと思《おも》うよ」とあっさり否定《ひてい》した。

「!?　何《なん》でや工藤《くどう》――」

と食《く》ってかかった平次《へいじ》がハッとし、「やのうて、コ、コナン君《くん》？」と慌《あわ》てて言《い》い直《なお》す。

「今夜《こんや》は満月《まんげつ》で明《あか》るかったでしょ？　あのベランダ、床《ゆか》に隙間《すきま》があって下《した》が見《み》えるようになってるし、もしみそぎ川《がわ》に共犯者《きょうはんしゃ》がいたとしたら、蘭姉《らんねえ》ちゃんたちが気《き》づくはずだよ」

コナンに説明《せつめい》された平次《へいじ》はベランダの構造《こうぞう》を思《おも》い浮《う》かべ、「そうか……」と納得《なっとく》した。

すると、それまで黙《だま》っていた小五郎《こごろう》が「真相《しんそう》はこうだ！」と自信《じしん》ありげに微笑《ほほえ》んだ。

「犯人《はんにん》は外部犯《がいぶはん》で、蘭《らん》たちがベランダへ出《で》る前《まえ》に地下《ちか》のガラス窓《まど》から侵入《しんにゅう》し、浴室《よくしつ》にでも潜《ひそ》んで待《ま》ち伏《ぶ》せ、桜《さくら》さんが来《き》て納戸《なんど》を物色中《ぶっしょくちゅう》に殺害《さつがい》した……そして、凶器《きょうき》を持《も》ったまま、ガラス窓《まど》から逃走《とうそう》したんだ！」

「でも、わたしたちも見《み》なかったし、堤防《ていぼう》にも目撃者《もくげきしゃ》いなかったんでしょ？」

蘭《らん》が疑問《ぎもん》を口《くち》にすると、小五郎《こごろう》は「偶然《ぐうぜん》だ、偶然《ぐうぜん》！　犯人《はんにん》はついてたんだよ！」と突《つ》っぱねた。

「う〜ん、何《なん》か釈然《しゃくぜん》とせんなぁ……」

平次《へいじ》は小五郎《こごろう》の推理《すいり》に納得《なっとく》できないようだったが、かといって反論《はんろん》できる推理《すいり》も浮《う》かばなかった。

平次《へいじ》が山能寺《さんのうじ》の前《まえ》に停《と》めたバイクに向《む》かうと、後《うし》ろからついてきた和葉《かずは》が「なぁ、平《へい》次《じ》」と声《こえ》をかけた。

「何《なん》や？」

「何《なん》でそんなに、工藤《くどう》、工藤言《くどうい》うん？　今日《きょう》もコナン君《くん》のこと、そう呼《よ》んでた」

「そ、それはやな……」

平次《へいじ》は一瞬《いっしゅん》ギクリとしたが、すぐに何《なに》かを思《おも》いついてフッと微笑《ほほえ》んだ。

「工藤《くどう》はオレにとって、義経《よしつね》なんや！」

突拍子《とっぴょうし》もない答《こた》えに、和葉《かずは》が「はぁ〜？」と怪訝《けげん》な顔《かお》をする。

「前《まえ》に東京《とうきょう》の外交官《がいこうかん》の事件《じけん》に関《かか》わったてゆうてたやろ？　あれ、ちょうど千件目《せんけんめ》やったんや」

「え〜っ⁉　あんた今《いま》、何歳《なんさい》⁉」

「まぁ、幼稚園《ようちえん》の頃《ころ》の落《お》としモン捜《さが》しなんかも入《い》れてやけどな……千件目《せんけんめ》は、東京《とうきょう》で有名《ゆうめい》な工藤《くどう》っちゅう高校生探偵《こうこうせいたんてい》の鼻《はな》あかしたろ思《おも》て乗《の》り込《こ》んだんやけど、見事《みごと》にやられてしもた。オレのおごり高《たか》ぶった根性《こんじょう》を叩《たた》きのめしてくれたんが、工藤《くどう》っちゅうわけや」

あのとき、新一《しんいち》との勝負《しょうぶ》にこだわりすぎて冷静《れいせい》さを欠《か》いた平次《へいじ》は、犯人《はんにん》が仕掛《しか》けた巧妙《こうみょう》なトリックにまんまと騙《だま》されてしまった。しかし、新一《しんいち》がそれを見事《みごと》に見破《みやぶ》り、真犯人《しんはんにん》をつかまえることができたのだ――。

「そやからそれ以来《いらい》何《なに》かとあいつの名前《なまえ》を口《くち》にして、油断《ゆだん》せんように気《き》ィ引《ひ》きしめてるんや」

それはとっさに思《おも》いついた嘘《うそ》ではあったが、あながち嘘《うそ》ではないような気《き》がした。

和葉《かずは》が「へええ」とあきれた顔《かお》をする。

「……ちゅうことはアンタが弁慶《べんけい》か。そら結構《けっこう》やな。せいぜい討《う》ち死《じ》にせんよう、気《き》ィつけや」

「アホ、不吉《ふきつ》なこと言《い》うなや、ホレ！」

平次《へいじ》は和葉《かずは》に向《む》かってヘルメットを軽《かる》く放《ほう》り投《な》げた。ヘルメットをかぶった和葉《かずは》がバイクの後部席《こうぶせき》に乗《の》ると、平次《へいじ》がバイクを走《はし》らせる。

平次《へいじ》の腰《こし》に手《て》を回《まわ》した和葉《かずは》は、平次《へいじ》の言葉《ことば》を思《おも》い出《だ》した。

〝工藤《くどう》はオレにとって義経《よしつね》なんや！〟

平次《へいじ》が新一《しんいち》をライバルだと思《おも》っているのはわかっていたけれど、まさかそこまで思《おも》っているとは……。和葉《かず は》は複雑《ふくざつ》な気持《きも》ちだった。

（アタシにとっての義経《よしつね》は、平次《へいじ》なんやで……）


車《くるま》がまばらな片側《かたがわ》二《に》車線《しゃせん》の堀川通《ほりかわどおり》を平次《へいじ》のバイクが走《はし》っていると、通過《つうか》した電話《でんわ》ボックスの陰《かげ》に潜《ひそ》んでいたバイクのライトがついた。バイクは道路《どうろ》を横切《よこぎ》り、平次《へいじ》のバイクを追《お》うように走《はし》っていく。それは、鞍馬山《くらまやま》で平次《へいじ》を襲《おそ》った犯人《はんにん》だった。

フルフェイスのヘルメットをかぶった犯人《はんにん》はアクセルを開《ひら》いてスピードを上《あ》げると、アクセルグリップにコインをはさんで固定《こてい》した。背負《せお》った矢筒《やづつ》に手《て》を伸《の》ばし、弓《ゆみ》に矢《や》をセットして立《た》ち上《あ》がる。犯人《はんにん》はバイクを走《はし》らせながら、平次《へいじ》のバイクに向《む》けて矢《や》を放《はな》った。

矢《や》は空気《くうき》を裂《さ》くように一直線《いっちょくせん》に突《つ》き進《すす》み、平次《へいじ》のバイクのバックミラーに命中《めいちゅう》した。

「——!?」

バックミラーが吹《ふ》き飛《と》び、平次《へいじ》と和葉《かずは》は驚《おどろ》いて後方《こうほう》を見《み》た。すると、一台《いちだい》のバイクが迫《せま》り、平次《へいじ》のバイクを追《お》い抜《ぬ》いていく——!

「あいつ、鞍馬山《くらまやま》の……!!」

犯人《はんにん》のバイクは交差点《こうさてん》を曲《ま》がり、梅小路公園《うめこうじこうえん》の入《い》り口《ぐち》に向《む》かった。平次《へいじ》も後《あと》を追《お》う。

公園《こうえん》の入《い》り口《ぐち》にはポールが等間隔《とうかんかく》に並《なら》んでいて、バイクが入《はい》れないとわかると、犯人《はんにん》は隣《となり》の工事現場《こうじげんば》に向《む》かった。うず高《たか》く積《つ》み上《あ》げられた敷石《しきいし》に架《か》かった板《いた》に乗《の》り上《あ》げ、大《おお》きくジャンプしたバイクは、ポールを軽々《かるがる》と越《こ》えて公園《こうえん》に入《はい》っていく。

「和葉《かずは》ァ！　手《て》ェ離《はな》すなよ!!」

平次《へいじ》のバイクも板《いた》に乗《の》り上《あ》げ、ポールを飛《と》び越《こ》えて公園内《こうえんない》に着地《ちゃくち》した。

そしてそのまま公園《こうえん》の奥《おく》へと進《すす》んでいくと、森《もり》の手前《てまえ》に犯人《はんにん》のバイクが停《と》められていた。

「おまえはここにおれ、ええなっ！」

「平次《へいじ》!!」

和葉《かずは》が止《と》めるのも聞《き》かずに、平次《へいじ》は森《もり》の中《なか》へと走《はし》っていった。

平次《へいじ》が森《もり》の中《なか》を進《すす》んでいくと、小川《おがわ》が流《なが》れる休憩所《きゅうけいじょ》の手前《てまえ》で、二本《にほん》の木刀《ぼくとう》を両手《りょうて》に持《も》った犯人《はんにん》が待《ま》ち構《かま》えていた。公園《こうえん》のすぐ横《よこ》を走《はし》る電車《でんしゃ》の明《あ》かりが、犯人《はんにん》の顔《かお》を覆《おお》う翁《おきな》の面《めん》を不気味《ぶきみ》に浮《う》かび上《あ》がらせる。

犯人《はんにん》は木刀《ぼくとう》の一本《いっぽん》を平次《へいじ》に向《む》かって放《ほう》り投《な》げた。

「フン……オレと勝負《しょうぶ》しようっちゅうわけか、ええやろ」

平次《へいじ》が足元《あしもと》の木刀《ぼくとう》を拾《ひろ》って構《かま》えると、犯人《はんにん》は木刀《ぼくとう》を持《も》った右手《みぎて》をダラリと下《お》ろした。

(何《なん》や⁉　隙《すき》だらけやんけ)

構《かま》わず平次《へいじ》は小川《おがわ》の中《なか》を走《はし》り、

「ダァ――――ッ‼」

犯人《はんにん》に木刀《ぼくとう》を振《ふ》り下《お》ろした。すると驚《おどろ》いたことに、犯人《はんにん》はよけることなく左腕《ひだりうで》で木刀《ぼくとう》を受《う》け止《と》めた。バキッと鈍《にぶ》い音《おと》が響《ひび》く。

(籠手《こて》を巻《ま》いてるんか⁉)

平次《へいじ》がしまったと思《おも》った瞬間《しゅんかん》――犯人《はんにん》は構《かま》え直《なお》した木刀《ぼくとう》を平次《へいじ》に突《つ》き出《だ》した。突《つ》き出《だ》した木刀《ぼくとう》が平次《へいじ》の額《ひたい》をかすめ、血《ち》が流《なが》れてくる。

犯人《はんにん》はさらに止《と》めどなく打《う》ち込《こ》んできて、平次《へいじ》は懸命《けんめい》に木刀《ぼくとう》を払《はら》い続《つづ》けた。平次《へいじ》が打《う》ち込《こ》もうとする前《まえ》に、犯人《はんにん》の木刀《ぼくとう》が攻《せ》めてきて、払《はら》いのけるのが精一杯《せいいっぱい》だ。

すると、犯人《はんにん》は平次《へいじ》の手元《てもと》を狙《ねら》い、横《よこ》からすばやく木刀《ぼくとう》を振《ふ》り払《はら》った。

「うわっ！」

平次《へいじ》の手《て》から木刀《ぼくとう》が離《はな》れ、回転《かいてん》しながら飛《と》んでいく。

一歩《いっぽ》退《しりぞ》いた平次《へいじ》は顔《かお》を上《あ》げ、犯人《はんにん》をにらみつけた。

「おまえが桜《さくら》さん殺害《さつがい》の犯人《はんにん》か？　それやったら、同《おな》じようにここ切《き》ってみィ!!」

ブルゾンの襟《えり》をつかんで首元《くびもと》を見《み》せる平次《へいじ》に、犯人《はんにん》は木刀《ぼくとう》を投《な》げ捨《す》て懐《ふところ》から短刀《たんとう》を取《と》り出《だ》した。

向《む》かい合《あ》った平次《へいじ》と犯人《はんにん》は、互《たが》いを見据《みす》えて回《まわ》りながらジリジリと横《よこ》へ移動《いどう》した。平次《へいじ》が左《ひだり》へ一歩《いっぽ》動《うご》くと、犯人《はんにん》は右《みぎ》へ一歩《いっぽ》動《うご》く。さらに左《ひだり》へ動《うご》いた平次《へいじ》は、小川《おがわ》に左足《ひだりあし》を突《つ》っ込《こ》んだ。

「うっ……！」

前《まえ》のめりになった平次《へいじ》に、犯人《はんにん》が短刀《たんとう》を突《つ》き出《だ》す。とっさに身《み》を低《ひく》くした平次《へいじ》の肩口《かたぐち》を短刀《たんとう》がかすめ、平次《へいじ》はそのまま犯人《はんにん》の脇《わき》をすり抜《ぬ》けて地面《じめん》で一回転《いっかいてん》した。振《ふ》り返《かえ》った平次《へいじ》に犯人《はんにん》が再《ふたた》び短刀《たんとう》を突《つ》き出《だ》し、平次《へいじ》が体《からだ》をひねってよけると、犯人《はんにん》の短刀《たんとう》はブルゾンのポケットを切《き》り裂《さ》き、巾着《きんちゃく》が落《お》ちた。

足元《あしもと》に落《お》ちた巾着《きんちゃく》に手《て》を伸《の》ばそうとする犯人《はんにん》の腹《はら》に、平次《へいじ》は飛《と》び蹴《げ》りを食《く》らわした。ドスッと鈍《にぶ》い音《おと》がして、犯人《はんにん》がよろよろと退《しりぞ》く。

「これはお前《まえ》が欲《ほ》しがるモンやないで！」

巾着《きんちゃく》をポケットにしまった平次《へいじ》が体《からだ》を起《お》こすと――突然《とつぜん》、その視界《しかい》がぼやけた。

短刀《たんとう》を構《かま》える犯人《はんにん》がかすんで見《み》える……！

(目《め》ェが……おかしい……)

飛《と》び込《こ》んできた犯人《はんにん》が短刀《たんとう》を突《つ》き出《だ》し、平次《へいじ》は横《よこ》に逃《に》げてよけた。さらに振《ふ》り返《かえ》りざまに切《き》りつける短刀《たんとう》を後方《こうほう》にジャンプしてよける。が、着地《ちゃくち》して背後《はいご》にあった木《き》にぶつかってしまった。

「くっ！　ううう……」

木《き》に寄《よ》りかかった平次《へいじ》に、向《む》かってきた犯人《はんにん》が短刀《たんとう》を振《ふ》り上《あ》げる。

刺《さ》される――!!　と思《おも》った瞬間《しゅんかん》、犯人《はんにん》の頭《あたま》に何《なに》かが命中《めいちゅう》し、「うっ！」とのけぞった。

面《めん》の一部《いちぶ》が割《わ》れ、落《お》とした短刀《たんとう》が地面《じめん》に突《つ》き刺《さ》さる。

「刑事《けいじ》さん、こっち、こっち‼」

手招《てまね》きしながら叫《さけ》んでいるのは、和葉《かずは》だった。

犯人《はんにん》は木刀《ぼくとう》を拾《ひろ》って走《はし》り、さらに小川《おがわ》に落《お》ちていた矢筒《やづつ》を拾《ひろ》って逃《に》げていった。木《き》の根《ね》元《もと》に崩《くず》れるように座《すわ》り込《こ》んだ平次《へいじ》に、和葉《かずは》が駆《か》け寄《よ》る。

「平次《へいじ》、大丈夫《だいじょうぶ》⁉」

「和葉《かずは》……刑事《けいじ》は？」

「そんなん嘘《うそ》に決《き》まってるやん！」

ニコッと微笑《ほほえ》む和葉《かずは》の足元《あしもと》を見《み》ると、驚《おどろ》いたことに右足《みぎあし》は裸足《はだし》だった。すぐそばには、石《いし》が詰《つ》められた和葉《かずは》の靴下《くつした》が落《お》ちていて、平次《へいじ》はこれが犯人《はんにん》の顔《かお》に当《あ》たったんだと気《き》づく。

「おまえ……どこでそんなもん覚《おぼ》えてん、恐《おそ》ろしい女《おんな》やのう……」

「平次《へいじ》‼」

意識《いしき》が朦朧《もうろう》としてガクリとうなだれる平次《へいじ》を、和葉《かずは》がとっさに支《ささ》えた。

7

翌日《よくじつ》。平次《へいじ》が目《め》を覚《さ》ますと、そこは病室《びょうしつ》のベッドの上《うえ》だった。

「平次《へいじ》、気《き》ィついた？」

ベッドの横《よこ》にいた和葉《かずは》がホッとした表情《ひょうじょう》で平次《へいじ》をのぞき込《こ》み、優《やさ》しく微笑《ほほえ》む。病室《びょうしつ》にはコナン、蘭《らん》、そして大阪府警《おおさかふけい》の大滝警部《おおたきけいぶ》もいた。

「心配《しんぱい》したで、平《へい》ちゃん」

「大滝《おおたき》はん……」

体《からだ》を起《お》こした平次《へいじ》は、大滝《おおたき》の横《よこ》に立《た》っている白鳥警部《しらとりけいぶ》を見《み》てきょとんとした。

「……誰《だれ》やったっけ？」

その反応《はんのう》に白鳥《しらとり》がずっこける。が、すぐに気《き》を取《と》り直《なお》して持《も》っていた手帳《てちょう》に目《め》を向《む》けた。

「警視庁《けいしちょう》の白鳥《しらとり》です。殺害《さつがい》された桜正造氏《さくらしょうぞうし》が〈源氏蛍《げんじぼたる》〉のメンバーだったと聞《き》いて、東京《とうきょう》から駆《か》けつけたんです」

平次《へいじ》は白鳥《しらとり》の話《はなし》を聞《き》きながら、犯人《はんにん》に切《き》られた左肩《ひだりかた》をさすった。コナンが「痛《いた》むのか？」と心配《しんぱい》そうに見《み》る。「ちょこっとな」

「家宅捜索《かたくそうさく》で、桜氏《さくらし》の店《みせ》から盗《ぬす》まれた美術品《びじゅつひん》が見《み》つかったんや」

大滝《おおたき》の言葉《ことば》に、平次《へいじ》とコナンが顔《かお》を見合《みあ》わせて微笑《ほほえ》む。すると、

「気《き》ィつかはりましたか？」

綾小路《あやのこうじ》が看護師《かんごし》と共《とも》に病室《びょうしつ》に入《はい》ってきた。

「警部《けいぶ》はん、あの短刀《たんとう》は？」

「鑑定《かんてい》に回《まわ》さしてもらいます」

「結果《けっか》が出《で》たらすぐ教《おし》えてや、証拠《しょうこ》が足《た》りひんかったら、この肩《かた》の傷《きず》も提供《ていきょう》すんで」

平次《へいじ》はそう言《い》うと、病衣《びょうい》の襟《えり》をつかんで左肩《ひだりかた》の傷《きず》を見《み》せた。和葉《かずは》が「え、証拠《しょうこ》って？」とたずねる。

「あの短刀《たんとう》が桜《さくら》さんを殺害《さつがい》した凶器《きょうき》やっちゅう証拠《しょうこ》や。ホンマは犯人《はんにん》の肌《はだ》に触《ふ》れてたもんがあったらええんやけど……」

と考《かんが》えた平次《へいじ》は、ハッと気《き》づいた。

「バイクは！　バイクがあったやろ!!」

「あれは盗難車《とうなんしゃ》です」

看護師《かんごし》に体温計《たいおんけい》をくわえさせられた平次《へいじ》は、綾小路《あやのこうじ》の答《こた》えにガックリと肩《かた》を落《お》とした。

（犯人《はんにん》を特定《とくてい》できる証拠《しょうこ》……）

と考《かんが》えた和葉《かずは》はふと、犯人《はんにん》に石《いし》の入《はい》った靴下《くつした》を投《な》げたことを思《おも》い出《だ》した。

あのとき、靴下《くつした》が命中《めいちゅう》して翁《おきな》の面《めん》の一部《いちぶ》が割《わ》れたのだ。もしかしたら、その面《めん》のかけらが公園《こうえん》に残《のこ》っているかもしれない……！

和葉《かずは》が能面《のうめん》のことを考《かんが》えていると、綾小路《あやのこうじ》が「ところで」と懐《ふところ》から紙片《しへん》を取《と》り出《だ》した。

「この絵《え》、何《なん》なんかわからはりますか？　桜氏《さくらし》の自宅《じたく》の『義経記《ぎけいき》』にはさんであったんやけど」

例《れい》の絵《え》のコピーを見《み》せられた平次《へいじ》は、コナンとチラリと目《め》を合《あ》わせ、首《くび》を横《よこ》に振《ふ》った。

「ホンマですか？」

体温計《たいおんけい》をくわえた平次《へいじ》が無言《むごん》でうなずくと、綾小路《あやのこうじ》は「まぁ、よろしやろ……」と懐《ふところ》に絵《え》のコピーをしまった。そして病室《びょうしつ》のドアを開《あ》ける。

「これに懲《こ》りて、おとなしゅうしてることですな」

「それじゃ、私《わたし》もこれで」「大事《だいじ》にな、平《へい》ちゃん」

白鳥《しらとり》と大滝《おおたき》、そして看護師《かんごし》が後《あと》に続《つづ》いて病室《びょうしつ》を出《で》ていくと、蘭《らん》は和葉《かずは》に歩《あゆ》み寄《よ》った。

「わたし、お父《とう》さんに電話《でんわ》してくる」

病室《びょうしつ》を出《で》た蘭《らん》は、一階《いっかい》のロビーにある公衆電話《こうしゅうでんわ》から小五郎《こごろう》に電話《でんわ》をかけた。

「うん……コナン君《くん》も一緒《いっしょ》だから……」

平次《へいじ》の怪我《けが》の状況《じょうきょう》などを説明《せつめい》していると、背後《はいご》から「蘭《らん》ちゃん」と声《こえ》をかけられた。

「ちょっと出《で》かけてくるから、平次頼《へいじたの》むね」

蘭《らん》が返事《へんじ》をする前《まえ》に和葉《かずは》は駆《か》け出《だ》し、ロビーを出《で》ていった。

どこへ行《い》くんだろう、と不思議《ふしぎ》に思《おも》いつつ電話《でんわ》を切《き》ると、蘭《らん》は病室《びょうしつ》へ戻《もど》った。

「あ……」

ベッドに平次《へいじ》の姿《すがた》はなかった。コナンもいない。脱《ぬ》ぎ捨《す》てられた病衣《びょうい》が無造作《むぞうさ》にベッドにかけられ、ロッカーにしまっておいた平次《へいじ》の服《ふく》もなくなっていた。

「大丈夫《だいじょうぶ》なのか？　安静《あんせい》にしてなくて……」

地下鉄《ちかてつ》の座席《ざせき》に座《すわ》ったコナンは、隣《となり》の平次《へいじ》を心配《しんぱい》そうに見上《みあ》げた。

平次《へいじ》は「平気《へいき》や」と野球帽《やきゅうぼう》をかぶり、両腕《りょううで》を組《く》む。

「それより、ホンマ変《か》わったヤツやったで……あんな剣法《けんぽう》、初《はじ》めてや。おそらく、籠手《こて》に筋金入《すじがねい》れて盾《たて》にしてたんやな」

公園《こうえん》で剣《けん》を交《まじ》えた犯人《はんにん》を思《おも》い出《だ》していた平次《へいじ》は「それに……」と左肩《ひだりかた》に触《ふ》れた。

「傷《きず》あとから凶器《きょうき》を照合《しょうごう》させよ思《おも》うて、短刀《たんとう》出《だ》さしてわざと切《き》らせたのに、その短刀《たんとう》を置《お》いてってしまいよった、何《なん》でや……？」

それは、コナンも不思議《ふしぎ》に思《おも》っていた。木刀《ぼくとう》を拾《ひろ》って逃《に》げた犯人《はんにん》が、なぜ短刀《たんとう》を残《のこ》していったのか……？

コナンがうつむいて考《かんが》えていると、平次《へいじ》は「まだあんで」とポケットから巾着《きんちゃく》を出《だ》した。

「あいつ、戦《たたこ》うてる最中《さいちゅう》に、オレの落《お》とした巾着拾《きんちゃくひろ》おうとしよった……ホンマわからんことばっかりや」

巾着《きんちゃく》を受《う》け取《と》ったコナンは、中《なか》を開《ひら》いて水晶玉《すいしょうだま》を見《み》た。

「まさかその翁《おきな》、おまえの初恋《はつこい》の人《ひと》だったりして」

「ハハハッ！　大当《おおあ》たりやな」

と豪快《ごうかい》に笑《わら》った平次《へいじ》は「……って、そんなわけないやろ！」とノリツッコミをすると、コナンから巾着《きんちゃく》を奪《うば》った。

コナンと平次《へいじ》が水尾《みずお》の家《いえ》を訪《おとず》れると、通《とお》された和室《わしつ》に竜円《りゅうえん》と西条《さいじょう》の姿《すがた》があった。

「襲《おそ》われた⁉　あの後《あと》で⁉」

「それで失礼《しつれい》やけど、水尾《みずお》さんのアリバイを聞《き》きに来《き》たんや……何《なに》しろ犯人《はんにん》は翁《おきな》の能面《のうめん》つけてたんでな」

「翁《おきな》の能面《のうめん》……？」

水尾《みずお》の驚《おどろ》く顔《かお》を見《み》た平次《へいじ》は、そのまま床《とこ》の間《ま》の小壁《こかべ》に飾《かざ》られた能面《のうめん》を見上《みあ》げた。

平次《へいじ》を襲《おそ》ったのが桜正造《さくらしょうぞう》を殺害《さつがい》した犯人《はんにん》だとすれば、昨夜《ゆうべ》お茶屋《ちゃや》にいた人物《じんぶつ》が怪《あや》しい。その中《なか》でもとりわけ、能役者《のうやくしゃ》である水尾《みずお》が真《ま》っ先《さき》に浮《う》かんだのだ。

「ついでに西条《さいじょう》さんと竜円《りゅうえん》さんのアリバイも聞《き》かしてもらえますか？」

「え、私《わたし》たちも⁉」

西条《さいじょう》は「かなわんなぁ」と竜円《りゅうえん》と顔《かお》を見合《みあ》わせた。

「今日《きょう》は千賀鈴《ちかすず》さんと四人《よにん》で、桜《さくら》さんを殺害《さつがい》した犯人《はんにん》について話《はなし》しよう思《おも》って来《き》たのに」

「え？　千賀鈴《ちかすず》さんも来《く》るの？」

コナンがたずねると、西条《さいじょう》はうなずいた。

「今日《きょう》は彼女《かのじょ》、月《つき》に二日《ふつか》の公休日《こうきゅうび》なんや」

「友達《ともだち》というか……元々《もともと》、水尾《みずお》さんの亡《な》くならはった親父《おやじ》さんが、宮川町《みやがわちょう》の山倉多恵《やまくらたえ》さんゆう人《ひと》と親《した》しうて、その関係《かんけい》で……」

竜円《りゅうえん》が顔《かお》を向《む》けると、水尾《みずお》は「ええやろ」と着物《きもの》の袖《そで》に腕《うで》を通《とお》して腕組《うでぐ》みをした。

「昨夜《ゆうべ》はお茶屋《ちゃや》からまっすぐここに帰《かえ》って寝《ね》たわ。ただ、私《わたし》は独身《どくしん》やし、母親《ははおや》とは部屋《へや》が離《はな》れてるから、その後《ご》もずっとうちにおったかどうかは証明《しょうめい》でけへんな」

「僕《ぼく》も同《おな》じようなもんや。寺町通《てらまちどおり》にある店《みせ》の二階《にかい》で一人暮《ひとりぐ》らしやからな」

「私《わたし》は本堂《ほんどう》でしばらく経《きょう》を読《よ》んだあと、自室《じしつ》に戻《もど》って休《やす》みました。証人《しょうにん》はいてません」

「そうですか……」

三人《さんにん》のアリバイを聞《き》いた平次《へいじ》は「もうひとつ」と顔《かお》を上《あ》げた。

「皆《みな》さん、弓《ゆみ》やらはりますか？」

「弓《ゆみ》ですか？　いや……」

西条《さいじょう》が答《こた》え、続《つづ》けて水尾《みずお》と竜円《りゅうえん》が口《くち》を開《ひら》く。

「『紅葉狩《もみじがり》』の舞台《ぶたい》では、梓弓《あずさゆみ》を持《も》つけどな」

「私《わたし》も弓《ゆみ》の弦《げん》鳴《な》らして悪霊祓《あくりょうばら》いの真似事《まねごと》はしたことありますけど……」

「じゃあ、あのとき、お茶屋《ちゃや》さんにいた人《ひと》の中《なか》にはいないの？　弓《ゆみ》をやってる人《ひと》」

コナンがたずねると、西条《さいじょう》があごに手《て》を当《あ》てて考《かんが》え始《はじ》めた。

「そういえば、やまくら……」

その言葉《ことば》に、平次《へいじ》が「え!?」と驚《おどろ》く。

「あの山倉《やまくら》はん、弓《ゆみ》やってんのか？　けど、あんときおらへんかったやろ」

「あ、いや……」

と西条《さいじょう》が言《い》いかけたとき、縁側《えんがわ》から「ごめんやす」と玄関戸《げんかんど》を開《ひら》く着物姿《きものすがた》の女性《じょせい》が見《み》えた。竜円《りゅうえん》が「あ、来《き》はりました」と立《た》ち上《あ》がる。

「あれ？」

コナンは女性《じょせい》の顔《かお》を見《み》て思《おも》わず声《こえ》を上《あ》げた。平次《へいじ》が「どないした？」とコナンを見《み》る。

「お姉《ねえ》さん、千賀鈴《ちかすず》さん？」

「へえ、そうどす」

薄化粧《うすげしょう》を施《ほどこ》した女性《じょせい》の声《こえ》は確《たし》かに千賀鈴《ちかすず》だが、日本髪《にほんがみ》に白塗《しろぬ》りの舞妓姿《まいこすがた》よりずっと幼《おさな》く見《み》えて、コナンは驚《おどろ》いた。身《み》を乗《の》り出《だ》した平次《へいじ》もその素顔《すがお》に「あっ」と目《め》を丸《まる》くする。

「舞妓姿《まいこすがた》とは別人《べつじん》やから驚《おどろ》いたやろ？　さあ、上《あ》がって」

「へえ、おおきに」

踏《ふ》み石《いし》に下駄《げた》をそろえた千賀鈴《ちかすず》は、水尾《みずお》の正面《しょうめん》に立《た》ち、半歩足《はんぽあし》を引《ひ》いて座《すわ》った。あぐらをかいていた西条《さいじょう》も、立《た》ち上《あ》がって半歩足《はんぽあし》を引《ひ》いて座《すわ》り直《なお》す。

「夜前《やぜん》はおおきに。またお頼申《たのもう》します」

千賀鈴《ちかすず》がお辞儀《じぎ》をすると、水尾《みずお》は「いや、こちらこそ」と返礼《へんれい》し、西条《さいじょう》と竜円《りゅうえん》も頭《あたま》を下《さ》げた。コナンと平次《へいじ》もそれを見《み》て、慌《あわ》てて手《て》をついてお辞儀《じぎ》をした。


しばらくして水尾邸《みずおてい》を出《で》たコナンたちは、角《かど》の十字路《じゅうじろ》で立《た》ち止《ど》まった。

「そしたらボクは、これで」

「私《わたし》もちょっと、西条《さいじょう》さんの店《みせ》に寄《よ》っていきますさかい」

「おおきに、さいなら」

千賀鈴《ちかすず》は十字路《じゅうじろ》を右《みぎ》に曲《ま》がる竜円《りゅうえん》と西条《さいじょう》に頭《あたま》を下《さ》げた。そして、コナンと平次《へいじ》と一緒《いっしょ》にまっすぐ歩《ある》いていく。

「山能寺《さんのうじ》さんは六角通《ろっかくどおり》どしたな。ここは夷川通《えびすがわどおり》さかい……」

そう言《い》うと、千賀鈴《ちかすず》は指《ゆび》を折《お》りながら歌《うた》い始《はじ》めた。

「まるたけえびすにおしおいけ～♪　あねさんろっかく……やから、六《むっ》つ目《め》の筋《すじ》どすな」

聞《き》き覚《おぼ》えのある唄《うた》に、平次《へいじ》は「！」と目《め》を見張《みは》った。千賀鈴《ちかすず》が親指《おやゆび》を折《お》りたたんだ手《て》を見《み》せてニッコリと微笑《ほほえ》む。

「ねえ、今《いま》の何《なん》て唄《うた》？」

コナンがたずねると、千賀鈴《ちかすず》はしゃがんで「さあ……」と答《こた》えた。

「うちらは手鞠唄《てまりうた》言《い》うてますけど、京都《きょうと》の東西《とうざい》の通《とお》りの名《な》らを北《きた》から南《みなみ》へ歌《うと》てんのどす」

そう言《い》うと、千賀鈴《ちかすず》は体《からだ》を起《お》こして再《ふたた》び手鞠唄《てまりうた》を歌《うた》い出《だ》した。

「まるたけえびすにおしおいけ～♪　あねさんろっかくたこにしき～♪　しあやぶったかまつまんごじょう～♪　せったちゃらちゃらうおのたな～♪　ろくじょうひっちょうとおりすぎ～♪　はっちょうこえればとうじみち～♪　くじょうおおじでとどめさす～♪」

「……へぇ、面白《おもしろ》いね」

「京都《きょうと》の子《こ》ォは、みんなこの唄《うた》で通《とお》りの名《な》ァを覚《おぼ》えるのどす」

「ちゅうことは、自分《じぶん》も京都出身《きょうとしゅっしん》なん？」

平次《へいじ》がたずねると、千賀鈴《ちかすず》は「へぇ、そうどす」と平次《へいじ》に目《め》を向《む》けた。

「歳《とし》は？」

「十九《じゅうきゅう》どす」

「十九《じゅうきゅう》……!?」

千賀鈴《ちかすず》の歳《とし》を聞《き》いて驚《おどろ》いた平次《へいじ》とコナンは顔《かお》を見合《みあ》わせた。

千賀鈴《ちかすず》の後《あと》をついて小川通《おがわどおり》をしばし歩《ある》いていると、やがて片側四車線《かたがわよんしゃせん》の広《ひろ》い通《とお》りに出《で》た。

「ここが御池通《おいけどおり》どす。ほな、うちはここで」

お辞儀《じぎ》をした千賀鈴《ちかすず》は、御池通《おいけどおり》を左《ひだり》に曲《ま》がって歩《ある》いていった。

「さよなら！」

手《て》を振《ふ》って千賀鈴《ちかすず》を見送《みおく》ったコナンが振《ふ》り返《かえ》ると、平次《へいじ》は千賀鈴《ちかすず》の後《うし》ろ姿《すがた》をじっと見《み》つめていた。

「オメー、まさか彼女《かのじょ》が……」

「間違《まちが》いない。京都出身《きょうとしゅっしん》で、歳《とし》もオレより二《ふた》つ上《うえ》やしな」

平次《へいじ》は千賀鈴《ちかすず》が初恋《はっこい》の少女《しょうじょ》だと完全《かんぜん》に思《おも》い込《こ》んでいるようだった。コナンが「でもなぁ」と怪訝《けげん》そうに千賀鈴《ちかすず》を見《み》る。

「京都《きょうと》の子《こ》はみんなあの唄《うた》を……」

「やっと会《あ》えたんや、やっと!!」

平次《へいじ》が拳《こぶし》を握《にぎ》りしめて喜《よろこ》びに打《う》ち震《ふる》えていると、胸《むね》ポケットの携帯電話《けいたいでんわ》が鳴《な》った。

「はい、もしもし」と電話《でんわ》に出《で》たとたん、

『平《へい》ちゃん、何《なに》しててんねん！ 勝手《かって》に病院抜《びょういんぬ》け出《だ》したらあかんやろ!!』

と、大滝《おおたき》の怒鳴《どな》り声《ごえ》が聞《き》こえてきた。

「まぁ、それはおいといて……血液鑑定《けつえきかんてい》の結果出《けっかで》たで」

京都府警《きょうとふけい》の階段《かいだん》の踊《おど》り場《ば》で電話《でんわ》をかけていた大滝《おおたき》は、口元《くちもと》に手《て》を当《あ》てて声《こえ》をひそめた。

「短刀《たんとう》の柄《つか》からちょっとやけど、桜《さくら》さんと同《おな》じ血液型《けつえきがた》の血液《けつえき》が検出《けんしゅつ》されたそうや。それと、刃型《はがた》も桜《さくら》さんの傷口《きずぐち》と一致《いっち》したっちゅう話《はなし》や」

階段《かいだん》をおりてくる警官《けいかん》が見《み》えて、大滝《おおたき》はさりげなく背《せ》を向《む》けた。そして彼《かれ》らが通《とお》り過《す》ぎるのを待《ま》ってから、口《くち》を開《ひら》く。

「平《へい》ちゃん、念《ねん》のため言《い》うとくけど、無茶《むちゃ》したらあかんで！　平《へい》ちゃんの身《み》ィに何《なに》かあったらワシ、オヤジさんに……」

『ああ、わかってるて。ほなありがとな、大滝《おおたき》はん』

あっさりと電話《でんわ》を切《き》られ、大滝《おおたき》はハァ……とため息《いき》をついた。

平次《へいじ》が電話《でんわ》を切《き》ると、コナンと平次《へいじ》は御池通《おいけどおり》を横切《よこぎ》り、町家《まちや》が両側《りょうがわ》に並《なら》ぶ小川通《おがわどおり》を歩《ある》いていった。

「これで、オレを襲《おそ》うた翁《おきな》の面《めん》が、桜《さくら》さん殺《ころ》した犯人《はんにん》に間違《まちが》いないっちゅうわけや」

「そうなると、凶器《きょうき》を処分《しょぶん》する方法《ほうほう》もなかったあの四人《よにん》は、犯人《はんにん》じゃないってことになるな……」

やがて山能寺《さんのうじ》の裏門《うらもん》に着《つ》き、コナンが門《もん》をくぐろうとすると、平次《へいじ》が突然《とつぜん》立《た》ち止《ど》まった。

門《もん》の奥《おく》には——大《おお》きな枝垂桜《しだれざくら》の木《き》があり、風《かぜ》に吹《ふ》かれてひらひらと舞《ま》い散《ち》った花《はな》びらが足元《あしもと》に落《お》ちる。

何《なに》かを確《たし》かめるように目《め》を細《ほそ》めて枝垂桜《しだれざくら》を見《み》ていた平次《へいじ》は、垂《た》れ下《さ》がる枝《えだ》の向《む》こうに本《ほん》堂《どう》の格子窓《こうしまど》を見《み》つけて、フッ……と微笑《ほほえ》んだ。

コナンが不思議《ふしぎ》そうに平次《へいじ》を見上《みあ》げていると、

「コナン君《くん》！　何《なに》してるのー!?」

道《みち》の向《む》こうから歩美《あゆみ》と光彦《みつひこ》が駆《か》け寄《よ》ってきた。その後《うし》ろには阿笠博士《あがさはかせ》と灰原《はいばら》の姿《すがた》もある。

「オメーら、どうして……！」

「クイズに答《こた》えたごほうびに博士《はかせ》に連《つ》れてきてもらったの」

「ところが元太君《げんたくん》が迷子《まいご》になっちゃって……」

「だったら探偵《たんてい》バッジで――」

コナンが言《い》うと、光彦《みつひこ》は胸《むね》の探偵《たんてい》バッジを指差《ゆびさ》した。

「もう呼《よ》びかけて連絡《れんらく》はとれてるんです」

「でも元太君《げんたくん》、漢字《かんじ》が読《よ》めないから、今《いま》いる場所《ばしょ》が言《い》えないの」

「で、君《きみ》のそのメガネで捜《さが》してもらおうと思《おも》ってな」

阿笠博士《あがさはかせ》に指《さ》されたコナンは、「オッケー。任《まか》せとけって」とメガネを外《はず》した。

メガネのつるにあるスイッチを押《お》すとアンテナが伸《の》び、左《ひだり》のレンズにレーダー画面《がめん》が表《ひょう》示《じ》される。すると、平次《へいじ》が「へぇ〜」とメガネを奪《うば》った。

「お、おい！」

「こらおもろいな。あっちや！」

興味深《きょうみぶか》そうにレーダー画面《がめん》を見《み》て平次《へいじ》が歩《ある》いていくと、光彦《みつひこ》と歩美《あゆみ》は後《あと》を追《お》いかけた。

「……ったく」

コナンも仕方《しかた》なく歩《ある》き出《だ》した。阿笠博士《あがさはかせ》と灰原《はいばら》も横《よこ》に並《なら》ぶ。

「こっちでも事件《じけん》があったようじゃな」

「ああ……詳《くわ》しいことは後《あと》で話《はな》すよ」

コナンが答《こた》えると、阿笠博士《あがさはかせ》の腹《はら》がグ〜ッと鳴《な》った。

「またじゃ……哀君《あいくん》、例《れい》の薬《くすり》を」

灰原《はいばら》はショルダーバッグからピルケースを出《だ》すと、阿笠博士《あがさはかせ》に薬《くすり》を渡《わた》した。

「何《なん》だ、それ？」

「お腹《なか》が鳴《な》るのを抑《おさ》える薬《くすり》……冠婚葬祭用《かんこんそうさいよう》に博士《はかせ》が開発《かいはつ》したの」

「他《ほか》にも酒《さけ》が苦手《にがて》な人用《ひとよう》に飲《の》むとすぐに顔《かお》が赤《あか》くなる薬《くすり》や、仕事《しごと》を休《やす》みたい人用《ひとよう》に風邪《かぜ》と同《おな》じ症状《しょうじょう》を起《お》こす薬《くすり》も開発《かいはつ》したんじゃ。どれも哀君《あいくん》に手伝《てつだ》ってもらってな」

得意《とくい》げに話《はな》す阿笠博士《あがさはかせ》に、コナンは（どれも使《つか》えねーな……）と心《こころ》の中《なか》でつぶやいた。


「お、ここや、ここや！　ここの六角堂《ろっかくどう》におんで」

しばらく六角通《ろっかくどおり》をまっすぐ歩《ある》いていって、平次《へいじ》は左手《ひだりて》にある立派《りっぱ》な山門《さんもん》を指差《ゆびさ》した。歩美《あゆみ》と光彦《みつひこ》が真《ま》っ先《さき》に境内《けいだい》へ入《はい》っていく。

正面《しょうめん》には六角《ろっかく》の形《かたち》をした本堂《ほんどう》があり、その横《よこ》を進《すす》んでいくと、元太《げんた》がベンチに座《すわ》ってうなだれていた。

「元太君《げんたくん》いましたぁー！」

「あっ！　助《たす》かった〜!!」

パッと顔《かお》を輝《かがや》かせた元太《げんた》はベンチから飛《と》びおり、光彦《みつひこ》たちに駆《か》け寄《よ》ってきた。

「よかったね、元太君《げんたくん》！」

「もう一生会《いっしょうあ》えないかと思《おも》いました」

「オレもだ！」

コナンにメガネを返《かえ》した平次《へいじ》は「それにしても便利《べんり》なもんやな」と元太《げんた》の胸《むね》につけられた探偵《たんてい》バッジをのぞき込《こ》んだ。

「ハ〜ン、発信機付《はっしんきつ》きのバッジっちゅうわけか」

「ああ、その発信機《はっしんき》から出《で》る周波数《しゅうはすう》がこのメガネと同調《どうちょう》して……」

とメガネを指差《ゆびさ》した瞬間《しゅんかん》——コナンの頭《あたま》の中《なか》で稲妻《いなずま》のようにパッと何《なに》かがひらめいた。

「服部《はっとり》!!」

元太《げんた》の方《ほう》を振《ふ》り返《かえ》ると、平次《へいじ》も「そうか!!」と元太《げんた》を見《み》る。

「な、何《なん》だよ!?」

思《おも》わずのけぞった元太《げんた》の手《て》には、ジュースのペットボトルが握《にぎ》られていて、

「く、工藤《くどう》、まさか……」

平次《へいじ》とコナンは真剣《しんけん》な表情《ひょうじょう》で顔《かお》を見合《みあ》わせた。

阿笠博士《あがさはかせ》らと別《わか》れた平次《へいじ》とコナンは、鴨川《かもがわ》の土手《どて》に来《き》ていた。

昼間《ひるま》も夜《よる》ほどではないが、まばらにカップルが土手《どて》に座《すわ》り、川《かわ》の向《む》こうの桜《さくら》を仲《なか》むつま

じく眺《なが》めている。

「間違《まちが》いねーな」

桜屋《さくらや》の前《まえ》で立《た》ち止《ど》まったコナンは、ベランダの下《した》にある地下《ちか》の裏窓《うらまど》を見《み》てつぶやいた。

平次《へいじ》が「ああ」とうなずく。

「あの姉《ねえ》ちゃんが聞《き》いた音《おと》は、やはり凶器《きょうき》を落《お》とす音《おと》やったんや」

「となると、犯人《はんにん》はあの四人《よにん》の誰《だれ》か――」

土手《どて》に座《すわ》り込《こ》んだ平次《へいじ》は「いや、三人《さんにん》や」とコナンの頭《あたま》をなでた。

「オレの初恋《はつこい》の人《ひと》が殺人犯《さつじんはん》のはずないやろ」

と嬉《うれ》しそうに微笑《ほほえ》む平次《へいじ》に、コナンが（オイ、オイ……）と突《つ》っ込《こ》む。すると、コナンの頭《あたま》から手《て》を離《はな》した平次《へいじ》は、「ただ……」と急《きゅう》に真剣《しんけん》な顔《かお》になった。

「ひとつだけ気《き》になるんは、さっき聞《き》いた唄《うた》と、オレが覚《おぼ》えてた唄《うた》の歌詞《かし》が一箇所《いっかしょ》違《ちが》うんや」

「はぁ？」

コナンが眉《まゆ》を寄《よ》せると、平次《へいじ》は野球帽《やきゅうぼう》を取《と》り、頭《あたま》に巻《ま》いた包帯《ほうたい》に触《ふ》れた。

「オレの初恋《はつこい》の人《ひと》は、〝あねさん　ろっかく〟を〝よめさん　ろっかく〟て歌《うと》てたんや。

「何《なん》でやろなぁ……」

空《そら》を見上《みあ》げてぼんやりと考《かんが》える平次《へいじ》に、コナンは「知《し》るか！」と横《よこ》を向《む》いた。


病院《びょういん》を飛《と》び出《だ》した和葉《かずは》は、平次《へいじ》が昨夜《ゆうべ》襲《おそ》われた梅小路公園《うめこうじこうえん》に来《き》ていた。

人気《ひとけ》のない森《もり》の中《なか》へ入《はい》っていき、小川沿《おがわぞ》いに歩《ある》いていく。そして休憩所《きゅうけいじょ》の手前《てまえ》に着《つ》くと、その場《ば》にしゃがみ込《こ》んで何《なに》やら探《さが》し始《はじ》めた。

目《め》を凝《こ》らしながら、平次《へいじ》が襲《おそ》われた辺《あた》りの地面《じめん》を丹念《たんねん》に調《しら》べていく。

すると、かき分《わ》けた草《くさ》の中《なか》に、彩色《さいしょく》された木片《もくへん》を見《み》つけた。

「あっ！」

和葉《かずは》はポケットからハンカチを取《と》り出《だ》し、その木片《もくへん》をハンカチで包《つつ》んで持《も》ち上《あ》げた。

「見《み》つけたで。お面《めん》のかけらや！」

それは、平次《へいじ》を襲《おそ》った犯人《はんにん》がつけていた翁《おきな》の面《めん》のかけらだった。和葉《かずは》が投《な》げた石《いし》の入《はい》った靴下《くつした》が直撃《ちょくげき》して、割《わ》れたのだ。

犯人《はんにん》が顔《かお》につけていた面《めん》のかけらなら、桜正造《さくらしょうぞう》を殺害《さつがい》した犯人《はんにん》と同一《どういつ》人物《じんぶつ》だという証拠《しょうこ》が出《で》てくるかもしれない……！

面《めん》のかけらを見《み》つけて喜《よろこ》んでいる和葉《かずは》の背後《はいご》で、ゆらりと人影《ひとかげ》が揺《ゆ》れた。休憩所《きゅうけいじょ》の柱《はしら》から顔《かお》を出《だ》した黒《くろ》い影《かげ》は、邪悪《じゃあく》な目《め》で和葉《かずは》を見《み》つめていた——。

8

警視庁《けいしちょう》・捜査一課《そうさいっか》の資料部屋《しりょうべや》では、目暮《めぐれ》が机《つくえ》に置《お》かれた証拠品《しょうこひん》をじっと見《み》つめて、う〜む……と考《かんが》え込《こ》んでいた。すると、入《い》り口《ぐち》からその様子《ようす》をのぞき込《こ》んでいた高木《たかぎ》と佐藤《さとう》が近《ちか》づいてきた。

「警部《けいぶ》、何《なに》をうなってるんですか？」

「これは？」

佐藤《さとう》が目暮《めぐれ》の前《まえ》に並《なら》んだ三《みっ》つのビニール袋《ぶくろ》を見《み》る。

「うむ。東京《とうきょう》で殺《ころ》された三人《さんにん》が身《み》につけていたものだ。一人《ひとり》は帽子《ぼうし》、一人《ひとり》は襟巻《えりま》き、一人《ひとり》は手袋《てぶくろ》をしていたんだが……」

目暮《めぐれ》はそう言《い》うとビニール袋《ぶくろ》に入《はい》った帽子《ぼうし》と手袋《てぶくろ》を持《も》って見比《みくら》べた。どれもカシミヤで織《お》られたものだ。

「色《いろ》も柄《がら》も生地《きじ》も同《おな》じだ。妙《みょう》だとは思《おも》わんか？」

「ええ……そうですね」

佐藤《さとう》が同意《どうい》すると、高木《たかぎ》は「え？　何《なに》がですか？」と不思議《ふしぎ》そうな顔《かお》をした。

「例《たと》えば、白鳥君《しらとりくん》が一人《ひとり》でこの三《みっ》つをしてたんなら全然《ぜんぜん》不思議《ふしぎ》じゃないけど……」

佐藤《さとう》はそう言《い》って机《つくえ》の上《うえ》の襟巻《えりま》きを持《も》つと、目暮《めぐれ》から手袋《てぶくろ》を取《と》って高木《たかぎ》に持《も》たせた。

「目暮警部《めぐれけいぶ》がこの帽子《ぼうし》、私《わたし》がこの襟巻《えりま》き、高木君《たかぎくん》がこの手袋《てぶくろ》をしてたら変《へん》じゃない？」

高木《たかぎ》は「確《たし》かに……」とそれぞれ手《て》に持《も》ったものを見《み》つめた。

「まるで白鳥《しらとり》さんが死《し》んで、その遺品《いひん》を三人《さんにん》で分《わ》けたみたいですね」

ハハハ……と笑《わら》う高木《たかぎ》に佐藤《さとう》がハッと目《め》を見張《みは》り、目暮《めぐれ》が「それだ！」と高木《たかぎ》を指差《ゆびさ》した。

「えっ？　な、何《なん》すか!?」

驚《おどろ》いた高木《たかぎ》は思《おも》わず手袋《てぶくろ》を抱《だ》きしめながら、目暮《めぐれ》と佐藤《さとう》を交互《こうご》に見《み》た。

コナンと平次《へいじ》が山能寺《さんのうじ》に戻《もど》ると、病院《びょういん》から先《さき》に帰《かえ》っていた蘭《らん》が目《め》をつり上《あ》げた。

「もう、どこ行《い》ってたのよ二人《ふたり》とも！　心配《しんぱい》してたんだから!!」

「ごめんなさい……」

「まあ、そう怒《おこ》らんといてな、姉《ねえ》ちゃん」

平謝《ひらあやま》りするコナンの横《よこ》で平次《へいじ》はあっけらかんとした。

「そういえば、和葉《かずは》ちゃんもどこ行《い》っちゃったんだろう？」

「え？　あいつ、おらへんのか？」

平次《へいじ》が蘭《らん》にたずねると、玄関《げんかん》の戸《と》が開《あ》いて白鳥《しらとり》が入《はい》ってきた。

「あ、蘭《らん》さん。毛利《もうり》さんいますか？」

「はい、奥《おく》にいます。どうぞ」

蘭《らん》は白鳥《しらとり》を客間《きゃくま》に案内《あんない》し、コナンと平次《へいじ》も後《あと》をついていった。


客間《きゃくま》に通《とお》された白鳥《しらとり》は、座卓《ざたく》をはさんで小五郎《こごろう》の正面《しょうめん》に座《すわ》ると、手帳《てちょう》を開《ひら》いた。白鳥《しらとり》の右側《みぎがわ》には蘭《らん》と阿笠博士《あがさはかせ》、そして左側《ひだりがわ》にはコナンと平次《へいじ》が座《すわ》っている。

「千賀鈴《ちかすず》さんの母親《ははおや》は宮川町《みやがわちょう》の芸妓《げいこ》さんで、彼女《かのじょ》が五歳《ごさい》のときに病死《びょうし》しています。未婚《みこん》の母《はは》でしたので、千賀鈴《ちかすず》さんはお茶屋《ちゃや》の女将《おかみ》の山倉多恵《やまくらたえ》さんに引《ひ》き取《と》られて育《そだ》てられたそうです」

廊下《ろうか》の手《て》すりにつかまりながら白鳥《しらとり》の話《はなし》を聞《き》いていた元太《げんた》は、「ミコンのハハって何《なん》だあ？」と光彦《みつひこ》を見《み》た。

「それはですね」

「結婚《けっこん》しないで子《こ》どもを産《う》んだ女《おんな》の人《ひと》のことよ」

と歩美《あゆみ》がこっそり教《おし》える。

「彼女《かのじょ》の父親《ちちおや》は誰《だれ》だかわからないんですが、毎月《まいつき》お茶屋《ちゃや》に匿名《とくめい》でお金《かね》が送《おく》られてきてまして、それが三《さん》か月前《げつまえ》からなぜかぷっつり途絶《とだ》えてしまったらしいんです」

目《め》をつぶり頬《ほお》をかきながら話《はなし》を聞《き》いていた小五郎《こごろう》は「ふん……」と白鳥《しらとり》を見《み》た。

「確《たし》かにちょっと気《き》になる話《はなし》ではあるな」

阿笠博士《あがさはかせ》が「三《さん》か月前《げつまえ》から？」と聞《き》き返《かえ》すと、蘭《らん》も「でも白鳥警部《しらとりけいぶ》、どこでそんな……」とたずねた。すると、平次《へいじ》がフッと笑《わら》った。

「おじゃる警部《けいぶ》から聞《き》いたんやろ？」

「違《ちが》いますよ！　こう見《み》えても私《わたし》、祇園《ぎおん》でちょっと顔《かお》なんです」

と得意《とくい》げに言《い》う白鳥《しらとり》に、コナンは（自慢《じまん》かい）と苦笑《にがわら》いした。

「だいたい、あいつは私《わたし》のライバルなんて言《い》われてますが、シマリスをいつも連《つ》れて歩《ある》いてるようなヤツと一緒《いっしょ》に――」

白鳥《しらとり》が小《こ》ばかにしたように肩《かた》をすくめると、蘭《らん》は「シマリス？」と聞《き》き返《かえ》した。

「うん。ポケットに入《い》れてるんだ」

「さすがに現場《げんば》に来《く》るときは置《お》いてきたようだけどな」

コナンと平次《へいじ》の言葉《ことば》に、小五郎《こごろう》が「シマリス……」と考《かんが》え込《こ》む。すると、白鳥《しらとり》の携帯電《けいたいでん》話《わ》が鳴《な》った。廊下《ろうか》に出《で》た白鳥《しらとり》は小五郎《こごろう》たちに背《せ》を向《む》け「はい、白鳥《しらとり》です」と電話《でんわ》に出《で》た。

『目暮《めぐれ》だ！　義経《よしつね》か弁慶《べんけい》についてひとつの可能性《かのうせい》が出《で》てきた』

目暮《めぐれ》は被害者《ひがいしゃ》らが身《み》につけていたものが形見《かたみ》分《わ》けだと説明《せつめい》した。

「……形見《かたみ》分《わ》け？」

『そう考《かんが》えれば、謎《なぞ》が解《と》ける！　つまり、義経《よしつね》あるいは弁慶《べんけい》はもう死《し》んでるのではないかというのが、我々《われわれ》の推理《すいり》なんだ』

白鳥《しらとり》が目《め》を見張《みは》ったと同時《どうじ》に、考《かんが》え事《ごと》をしていた小五郎《こごろう》がバンッとテーブルを叩《たた》いた。

「わかったぞ!!」

突然《とつぜん》の叫《さけ》びに、コナンたちはギョッと目《め》を丸《まる》くした。

住職《じゅうしょく》の円海《えんかい》が部屋《へや》で写経《しゃきょう》をしていると、廊下《ろうか》を歩《ある》いてきた竜円《りゅうえん》が軽《かる》く会釈《えしゃく》をして進《すす》んでいった。その後《うし》ろから山倉多恵《やまくらたえ》と千賀鈴《ちかすず》が歩《ある》いてきて、円海《えんかい》の姿《すがた》を見《み》つけて頭《あたま》を下《さ》げる。手《て》を止《と》めて軽《かる》く会釈《えしゃく》をした円海《えんかい》は、二人《ふたり》が通《とお》り過《す》ぎると「ん……？」と眉《まゆ》をひそめた。

小五郎《こごろう》に呼《よ》ばれた多恵《たえ》と千賀鈴《ちかすず》は、中庭《なかにわ》に面《めん》した部屋《へや》に案内《あんない》されると、縁側《えんがわ》に敷《し》かれた座布団《ざぶとん》の上《うえ》に正座《せいざ》をした。

縁側《えんがわ》には平次《へいじ》、蘭《らん》、園子《そのこ》が座《すわ》り、千賀鈴《ちかすず》らと同《おな》じく小五郎《こごろう》に呼《よ》ばれた綾小路《あやのこうじ》と白鳥《しらとり》が立《た》っていた。中庭《なかにわ》の池《いけ》の前《まえ》には小五郎《こごろう》とコナンが立《た》っていて、その近《ちか》くには阿笠博士《あがさはかせ》と子《こ》どもたちの姿《すがた》もある。

「毛利《もうり》はん、桜《さくら》さんを殺害《さつがい》した犯人《はんにん》がわかったってホンマですか？」

綾小路《あやのこうじ》に訊《き》かれた小五郎《こごろう》は、池《いけ》の石《いし》に片足《かたあし》を乗《の》せてポーズを取《と》ったまま「はい」と静《しず》かに答《こた》えた。多恵《たえ》と千賀鈴《ちかすず》が驚《おどろ》いて顔《かお》を見合《みあ》わせる。

「では、お話《はな》ししましょう。その犯人《はんにん》とは……」

石《いし》から片足《かたあし》を下《お》ろした小五郎《こごろう》はゆっくりと数歩《すうほ》進《すす》み、千賀鈴《ちかすず》の正面《しょうめん》に立《た》った。

「千賀鈴《ちかすず》さん、あなただ‼」

「んな、アホな！」

とっさに叫《さけ》んだ平次《へいじ》がハッと我《われ》に返《かえ》り、「無茶苦茶《むちゃくちゃ》や、そんな」とつぶやく。

園子《そのこ》に「大丈夫《だいじょうぶ》なの？」と耳打《みみう》ちされた蘭《らん》は、ハハ……と苦笑《にがわら》いをした。

「とにかく、最後《さいご》まで聞《き》いてから……」

蘭《らん》が心配《しんぱい》そうに見《み》つめる中《なか》、小五郎《こごろう》はコホンッと咳払《せきばら》いをした。

「動機《どうき》は父親《ちちおや》を殺《ころ》された復讐《ふくしゅう》……そして、その父親《ちちおや》とは盗賊団《とうぞくだん》の首領《しゅりょう》、義経《よしつね》だ！　義経《よしつね》は三《さん》か月前《げつまえ》、部下《ぶか》たちの裏切《うらぎ》りで殺害《さつがい》されたんだ。だから、お茶屋《ちゃや》への送金《そうきん》が途絶《とだ》えた」

「なるほど……」

白鳥《しらとり》と綾小路《あやのこうじ》が目《め》を見張《みは》る。

「そして、アンタには共犯者《きょうはんしゃ》がいた。弁慶《べんけい》だ」

「弁慶《べんけい》……？」

千賀鈴《ちかすず》が多恵《たえ》と顔《かお》を見合《みあ》わせると、小五郎《こごろう》は「その弁慶《べんけい》とは、誰《だれ》あろう……」と足《あし》を進《すす》め、綾小路《あやのこうじ》を指差《ゆびさ》した。

「おじゃる警部《けいぶ》！　おまえだ!!」

思《おも》いもよらぬ推理《すいり》に、一同《いちどう》が「えっ!?」と声《こえ》を上《あ》げる。小五郎《こごろう》は確信《かくしん》に満《み》ちた表情《ひょうじょう》で、推理《すいり》を続《つづ》けた。

「千賀鈴《ちかすず》さん、あんたはお茶屋《ちゃや》に来《く》るとき、あるものを隠《かく》し持《も》ってきた。短刀《たんとう》と、警部《けいぶ》の持《も》っている――そのシマリスだ!!」

小五郎《こごろう》が再《ふたた》び綾小路《あやのこうじ》を指差《ゆびさ》すと、背広《せびろ》のポケットからシマリスがひょこっと顔《かお》を出《だ》し、綾小路《あやのこうじ》の体《からだ》を駆《か》け上《あ》がって肩《かた》にのった。歩美《あゆみ》が「わぁ、かわいい！」と両手《りょうて》を組《く》む。

縁側《えんがわ》の階段石《かいだんいし》を上《のぼ》った小五郎《こごろう》は、池《いけ》の方《ほう》を向《む》いて腰《こし》かけた。

「そのシマリスがトリックの鍵《かぎ》だったんだ！　千賀鈴《ちかすず》さん、あなたはお座敷《ざしき》の途中《とちゅう》でトイレに行《い》くフリをして、納戸《なんど》で桜《さくら》さんを殺害《さつがい》。戸棚《とだな》か何《なに》かに隠《かく》しておいたシマリスの体《からだ》に短《たん》刀《とう》を結《むす》びつけ、地下《ちか》のガラス戸《ど》から放《はな》したんだ。シマリスはみそぎ川《がわ》に飛《と》びおり、川下《かわしも》へ向《む》かう。それを川下《かわしも》で待《ま》っていた警部《けいぶ》が拾《ひろ》い上《あ》げ、後《あと》からその短刀《たんとう》で平次《へいじ》を殺害《さつがい》しようとしたんだ」

小五郎《こごろう》の推理《すいり》に、園子《そのこ》は「そっか！」と手《て》を打《う》った。

「あの水音《みずおと》はシマリスが飛《と》びおりた音《おと》だったのね！」

「桜《さくら》さん以外《いがい》の殺《ころ》しも、二人《ふたり》の共犯《きょうはん》だ。――警部《けいぶ》さん、あんた、弓《ゆみ》は……」

「そんなややこしいもん、やったことあるか！」

綾小路《あやのこうじ》が苛立《いらだ》ったように答《こた》えると、小五郎《こごろう》は「ホントですかね」と立《た》ち上《あ》がり、千賀鈴《ちかすず》の前《まえ》に座《すわ》った。

そして千賀鈴《ちかすず》の左手《ひだりて》を取《と》り、親指《おやゆび》の付《つ》け根《ね》に貼《は》られた絆創膏《ばんそうこう》を見《み》る。

「でも、千賀鈴《ちかすず》さん、弓《ゆみ》をやる人《ひと》は、ここが矢尻《やじり》でこすれて怪我《けが》をすると聞《き》きます」

「確《たし》かに、この矢枕《やまくら》の怪我《けが》は弓《ゆみ》をやってるせいどすけど……」

千賀鈴《ちかすず》の言葉《ことば》に、コナンは眉《まゆ》をひそめた。同《おな》じく平次《へいじ》も、彼女《かのじょ》が発《はっ》したある言葉《ことば》にピクリと反応《はんのう》する。

（――!?）

「まだ始《はじ》めたとこやし、人《ひと》を射《い》るなんて絶対《ぜったい》できしまへん！」

千賀鈴《ちかすず》が小五郎《こごろう》に抗議《こうぎ》すると、蘭《らん》が「私《わたし》もそう思《おも》うな」と口《くち》をはさんだ。

「ここを怪我《けが》するのは初心者《しょしんしゃ》の証拠《しょうこ》なんだって、弓道部《きゅうどうぶ》の友達《ともだち》から聞《き》いたことあるよ」

「それに、殺害《さつがい》されたのなら形見分《かたみわ》け――」

と白鳥《しらとり》が言《い》いかけたとき、多恵《たえ》が険《けわ》しい顔《かお》で「毛利《もうり》はん！」と千賀鈴《ちかすず》と小五郎《こごろう》の間《あいだ》に割《わ》って入《はい》ってきた。

「あんた、本気《ほんき》でこの子《こ》を犯人《はんにん》やと思《おも》たはるのですか？」

「いや、ですから……」

「冗談《じょうだん》やおへん！　舞妓《まいこ》は芸事《げいごと》やお座敷《ざしき》で忙《いそが》しいのどす。人《ひと》を殺《ころ》してる暇《ひま》なんてあらしまへん！」

多恵《たえ》の剣幕《けんまく》に小五郎《こごろう》がたじろいでいると、コナンが「ねぇ、ねぇ」と腕《うで》を引《ひ》っ張《ぱ》った。

「何《なん》だ！」

「シマリスだけど、あんな小《ちい》さな体《からだ》じゃ短刀《たんとう》を運《はこ》べないいんじゃない？」

「うるせぇ！」

推理《すいり》を立《た》て続《つづ》けに否定《ひてい》された小五郎《こごろう》は、わなわなと震《ふる》えながら立《た》ち上《あ》がった。

「だったら証拠《しょうこ》を見《み》せてやる!!」

小五郎《こごろう》はシマリスに短刀《たんとう》の代《か》わりに木魚《もくぎょ》を叩《たた》くバチをくくりつけ、中庭《なかにわ》の石《いし》に置《お》いた。

「コラァ！　動《うご》けシマリス!!」

小五郎《こごろう》がシマリスをけしかけるのを部屋《へや》から見《み》ていた綾小路《あやのこうじ》は、「あきれてものも言《い》えませんな……」とつぶやいた。隣《となり》の白鳥《しらとり》も唖然《あぜん》とし、千賀鈴《ちかすず》と多恵《たえ》は竜円《りゅうえん》に見送《みおく》られて部《へ》屋《や》を出《で》ていく。

いくらあおっても動《うご》こうとしないシマリスに、小五郎《こごろう》は腹《はら》を立《た》ててつつき始《はじ》めた。

「おまえッ、罪《つみ》を逃《のが》れようとわざとシカトしてるな!? この!!」

「やめて〜！」

歩美《あゆみ》と光彦《みつひこ》が小五郎《こごろう》の腕《うで》にしがみつく。

「かわいそうじゃねぇか、おっちゃん!!」

「動物虐待《どうぶつぎゃくたい》ですよっ！」

「ガキは黙《だま》ってろぉ!!」

「元太君《げんたくん》！ リスさんを助《たす》けて！」

「オウッ！」

歩美《あゆみ》と光彦《みつひこ》が小五郎《こごろう》にしがみついているすきに、元太《げんた》はシマリスにくくりつけられた紐《ひも》をほどいた。

少《すこ》し離《はな》れたところで見《み》ていた平次《へいじ》が「工藤《くどう》……」と呼《よ》びかけると、コナンは「ああ」と微笑《ほほえ》んだ。

「おっちゃんのおかげで犯人《はんにん》がわかったぜ」

「オレもや！　弓《ゆみ》やるモンとちゃうかったら、あんなこと言《い》わへんからな」

二人《ふたり》の頭《あたま》に、同《おな》じ人物《じんぶつ》が思《おも》い浮《う》かぶ。

「後《あと》は、その証拠《しょうこ》と……」

「仏像《ぶつぞう》の在《あ》り処《か》やな」

コナンと平次《へいじ》は正面《しょうめん》を向《む》いたまま、チラリと互《たが》いを見《み》た。

池《いけ》の前《まえ》では、歩美《あゆみ》が木魚《もくぎょ》のバチから解放《かいほう》されたシマリスを優《やさ》しく抱《かか》えていた。

「かわいそうだったね、シマリスちゃん」

「何《なに》かエサあげましょうよ」

「オレ、どんぐり持《も》ってるぜ……ほら」

元太《げんた》がズボンのポケットからどんぐりを取《と》り出《だ》すと、手《て》からこぼれて池《いけ》の中《なか》にポチャンと落《お》ちた。歩美《あゆみ》と光彦《みつひこ》がワァ……と池《いけ》をのぞく。

「まるで『どんぐりころころ』の歌《うた》みたい！」

「どんぐりころころ……？」

歩美《あゆみ》の言葉《ことば》を聞《き》いて『どんぐりころころ』の歌詞《かし》を思《おも》い浮《う》かべたとたん——コナンの脳《のう》

裏《り》に閃光《せんこう》が走《はし》った。

（もしかしたら……！）

コナンは急《いそ》いで縁側《えんがわ》に上《あ》がり、客間《きゃくま》に向《む》かった。そして置《お》いてあったリュックの中《なか》から京都《きょうと》の地図《ちず》を取《と》り出《だ》す。

「おい！　どないしたんや、工藤《くどう》!?」

「もしかしたら、あのコピーの絵《え》は京都《きょうと》の通《とお》りの名前《なまえ》なんじゃねーかと思《おも》ってよ」

「何《なん》やて!?」

平次《へいじ》が驚《おどろ》くと、コナンは座卓《ざたく》の上《うえ》に京都《きょうと》の地図《ちず》とひな壇《だん》が描《えが》かれた絵《え》のコピーを並《なら》べた。

ひな壇《だん》の五段目《ごだんめ》には左《ひだり》から赤色《あかいろ》のセミ、緑色《みどりいろ》の天狗《てんぐ》、赤色《あかいろ》の金魚《きんぎょ》、四段目《よんだんめ》には黄色《きいろ》のニワトリとドジョウ、そして三段目《さんだんめ》と二段目《にだんめ》の間《あいだ》には紫色《むらさきいろ》のスミレ、緑色《みどりいろ》の天狗《てんぐ》、紫色《むらさきいろ》の富士山《ふじさん》が描《えが》かれている。

「まずは東西《とうざい》の通《とお》りだ。この階段《かいだん》の五段目《ごだんめ》は、五条通《ごじょうどおり》」

コナンはペンでひな壇《だん》の五段目《ごだんめ》を示《しめ》した。

「四段目《よんだんめ》は四条通《しじょうどおり》……この三段目《さんだんめ》と二段目《にだんめ》の間《あいだ》は、三条通《さんじょうどおり》と二条通《にじょうどおり》の間《あいだ》で、御池通《おいけどおり》だ。その証拠《しょうこ》に……」

ペンは三段目《さんだんめ》と二段目《にだんめ》の間《あいだ》を右《みぎ》にスライドして、ひな壇《だん》の外《そと》に描《えが》かれた〈どんぐり〉を示《しめ》す。

「どんぐりころころ……」

とつぶやく平次《へいじ》の頭《あたま》に『どんぐりころころ』の歌詞《かし》が思《おも》い浮《う》かび、ハッと目《め》を見開《みひら》いた。

〝どんぐりころころ　どんぶりこ　おいけにはまって　さあたいへん〟

どんぐりがお池《いけ》にはまった——つまり、どんぐりが書《か》かれた三段目《さんだんめ》と二段目《にだんめ》の間《あいだ》が〈御《お》池通《いけどおり》〉なのだ。

平次《へいじ》が納得《なっとく》すると、コナンは地図《ちず》に目《め》を戻《もど》して手《て》を伸《の》ばした。

「次《つぎ》に南北《なんぼく》の通《とお》りだ。スミレも『春《はる》の小川《おがわ》』の歌《うた》から小川通《おがわどおり》、天狗《てんぐ》は『烏天狗《からすてんぐ》』から烏丸《からすま》通《どおり》、そして富士山《ふじさん》は『富《とみ》』の字《じ》から、富小路通《とみのこうじどおり》だ」

「ニワトリは何《なん》や？　ドジョウは『柳川鍋《やながわなべ》』から柳馬場通《やなぎのばんばどおり》なんやろうけど……」

「ニワトリは……」と考《かんが》えを巡《めぐ》らせるコナンが、ハッと目《め》を見開《みひら》く。

「西洞院通《にしのとういんどおり》じゃないか？　『酉《とり》』の方角《ほうがく》は西《にし》だから」

「そら難《むずか》しいわ。するとや、こいつは何《なん》やろな」

平次《へいじ》が五段目《ごだんめ》に描《えが》かれたセミを指差《ゆびさ》す。すると、円海《えんかい》が二人《ふたり》の様子《ようす》を障子《しょうじ》の陰《かげ》からこっそりとのぞいていた。絵《え》の謎《なぞ》を解《と》いていく二人《ふたり》を見《み》て微笑《ほほえ》み、静《しず》かに廊下《ろうか》を歩《ある》いていく。

コナンは地図《ちず》を見《み》ながら、ひな壇《だん》に描《えが》かれた絵《え》を南北《なんぼく》の通《とお》りに当《あ》てはめていった。

「セミは『アブラゼミ』から油小路通《あぶらのこうじどおり》。天狗《てんぐ》は烏丸通《からすまどおり》……」

「ほんで、金魚《きんぎょ》は『金魚《きんぎょ》のエサは麩《ふ》』ちゅうとっから、麩屋町通《ふやちょうどおり》やな」

コナンはひな壇《だん》に描《えが》かれたそれぞれの絵《え》を、地図《ちず》で東西《とうざい》の通《とお》りと南北《なんぼく》の通《とお》りが交差《こうさ》する場所《ばしょ》に記《しる》していった。

五条通《ごじょうどおり》と油小路通《あぶらのこうじどおり》が交差《こうさ》するところに、赤色《あかいろ》のセミ。五条通《ごじょうどおり》と烏丸通《からすまどおり》が交差《こうさ》するところに、緑色《みどりいろ》の天狗《てんぐ》。五条通《ごじょうどおり》と麩屋町通《ふやちょうどおり》が交差《こうさ》するところに、赤色《あかいろ》の金魚《きんぎょ》。四条通《しじょうどおり》と西洞院通《にしのとういんどおり》が交差《こうさ》するところに、黄色《きいろ》のニワトリ。四条通《しじょうどおり》と柳馬場通《やなぎのばんばどおり》が交差《こうさ》するところに、紫色《むらさきいろ》のスミレ。御池通《おいけどおり》と烏丸通《からすまどおり》が交差《こうさ》するところに、黄色《きいろ》のドジョウ。御池通《おいけどおり》と小川通《おがわどおり》が交差《こうさ》するところに、紫色《むらさきいろ》のスミレ。御池通《おいけどおり》と富小路通《とみのこうじどおり》が交差《こうさ》するところに、緑色《みどりいろ》の天狗《てんぐ》。御池通《おいけどおり》と富小路通《とみのこうじどおり》が交差《こうさ》するところに、紫色《むらさきいろ》の富士山《ふじさん》――。

「そして、同《おな》じ色《いろ》のスミレと富士山《ふじさん》、ニワトリとドジョウ、セミと金魚《きんぎょ》、天狗《てんぐ》と天狗《てんぐ》を線《せん》で結《むす》ぶと……」

地図上《ちずじょう》に浮《う》かんだのは『王《おう》』という文字《もじ》だった。

「王《おう》？　何《なん》や『王《おう》』って……」

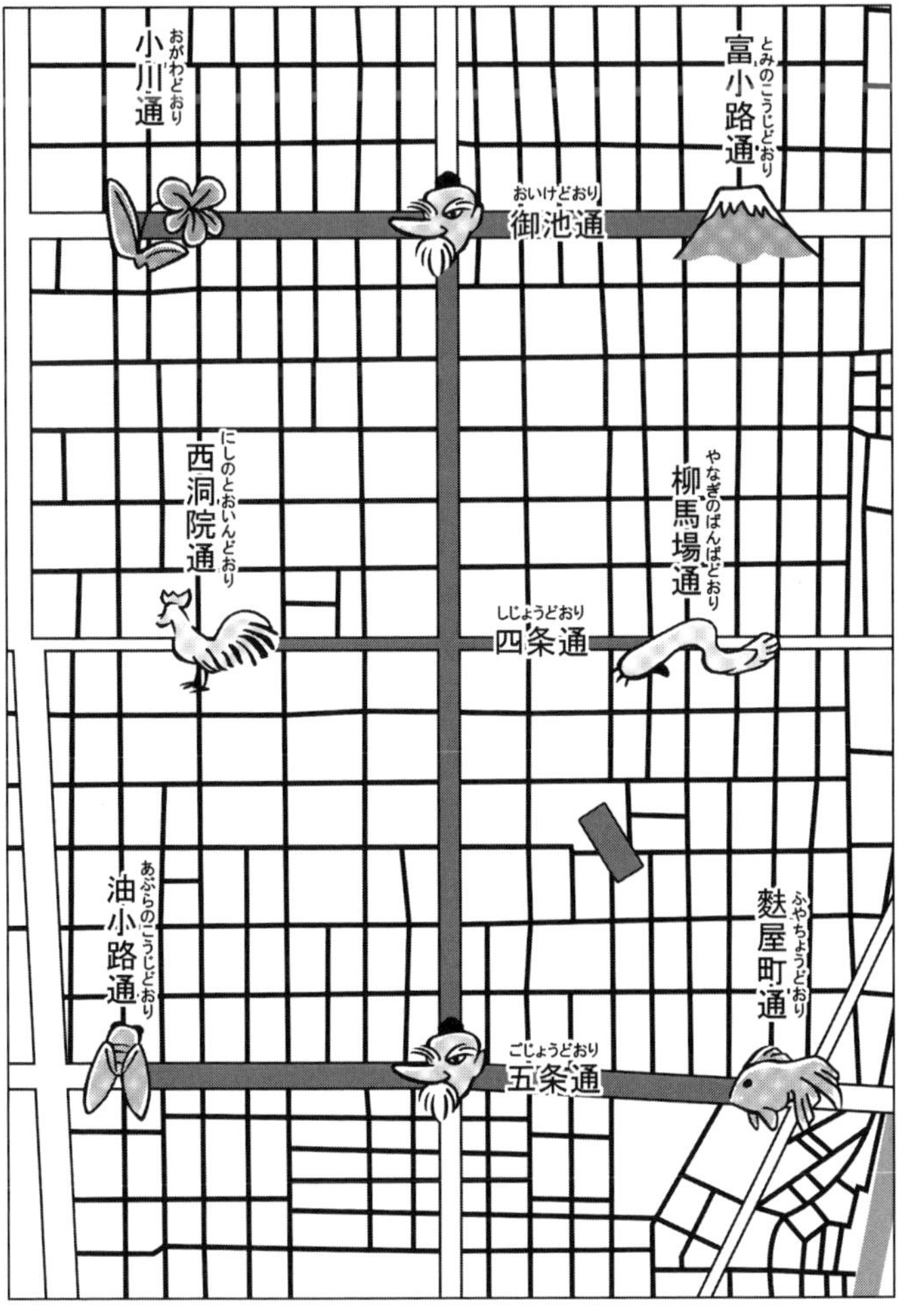

小川通《おがわどおり》
富小路通《とみのこうじどおり》
御池通《おいけどおり》
西洞院通《にしのとおいんどおり》
柳馬場通《やなぎのばんばどおり》
四条通《しじょうどおり》
油小路通《あぶらのこうじどおり》
麩屋町通《ふやちょうどおり》
五条通《ごじょうどおり》

首《くび》をひねる平次《へいじ》の横《よこ》で、コナンは絵《え》のコピーをチラリと見《み》た。すると、ひな壇《だん》の五段目《ごだんめ》と四段目《よんだんめ》の間《あいだ》、ちょうど金魚《きんぎょ》とドジョウの真《ま》ん中辺《なかあた》りに、黒《くろ》で読点《とうてん》のようなものが描《えが》かれているのに気《き》づいた。

「点《てん》だ!!」

地図《ちず》に手《て》を伸《の》ばしたコナンは、絵《え》と同《おな》じように四条通《しじょうどおり》と五条通《ごじょうどおり》の間《あいだ》に点《てん》を書《か》き込《こ》んだ。

地図《ちず》に浮《う》かんだ文字《もじ》を見《み》て、平次《へいじ》が「あ……!」と声《こえ》をもらす。

それは、『玉《たま》』だった。

「『玉《たま》』はギョクとも読《よ》み、宝石《ほうせき》の意味《いみ》がある」

「この場所《ばしょ》は……」

平次《へいじ》はさらにコナンが点《てん》を書《か》いた場所《ばしょ》を見《み》て、目《め》を丸《まる》くした。コナンも目《め》を細《ほそ》くして、地図《ちず》に書《か》かれた地名《ちめい》を読《よ》む。

「仏光寺《ぶっこうじ》……!?」

絵《え》の謎《なぞ》が解《と》けたコナンと平次《へいじ》は客間《きゃくま》を飛《と》び出《だ》し、境内《けいだい》を走《はし》っていった。

「お宝《たから》はもう見《み》つけたも同《おな》じやな！」

境内《けいだい》を掃除《そうじ》していた竜円《りゅうえん》が、門《もん》を出《で》ていく二人《ふたり》を見《み》つけて「ん？」と手《て》を止《と》める。

寺《てら》の前《まえ》の通《とお》りを左《ひだり》に曲《ま》がり、しばらく走《はし》っていくと、平次《へいじ》が苦《くる》しそうに足《あし》を止《と》めて民家《みんか》の壁《かべ》に手《て》をついた。

「どうした？」

「いや、ちょっとめまいが……」

苦《くる》しそうに肩《かた》を上下《じょうげ》させながら呼吸《こきゅう》をする平次《へいじ》の額《ひたい》には、脂汗《あぶらあせ》がにじんでいる。

コナンは近《ちか》くの六角堂《ろっかくどう》に入《はい》り、境内《けいだい》のベンチに平次《へいじ》を座《すわ》らせた。そして自動販売機《じどうはんばいき》で缶《かん》コーヒーを買《か》う。

「……どうだ、気分《きぶん》は？」

「ああ……だいぶようなった」

いくらか顔色《かおいろ》がよくなった平次《へいじ》は缶《かん》コーヒーのプルトップを開《あ》けると、ゆっくりと飲《の》み始《はじ》めた。コナンも隣《となり》に座《すわ》り、缶《かん》コーヒーを開《あ》ける。

「服部《はっとり》……八年前《はちねんまえ》、おまえが忍《しの》び込《こ》んだ寺《てら》は山能寺《さんのうじ》だろ？」

平次《へいじ》はブフッとコーヒーを噴《ふ》き出《だ》しそうになった。

「何《なん》でわかんねん!?」

「バーロ。あのときの桜《さくら》を見《み》るおまえの顔《かお》でピンと来《き》たぜ。そばにおまえの言《い》った格子《こうし》のついた窓《まど》もあったしな」

コーヒーを飲《の》んだ平次《へいじ》は「……そうや」とブルゾンのポケットから巾着《きんちゃく》を取《と》り出《だ》した。

「あの桜《さくら》の木《き》の下《した》で、この水晶玉《すいしょうだま》を拾《ひろ》ったんや……」

と思《おも》い出《で》にふけっている平次《へいじ》に、コナンが「水《みず》を差《さ》すようで悪《わる》いが……」と口《くち》を開《ひら》く。

「その水晶玉《すいしょうだま》は、おまえの〝初恋《はつこい》の少女《しょうじょ》〟が落《お》としたもんじゃねーぞ」

「何《なん》やと!?」

「おそらく……山能寺《さんのうじ》から盗《ぬす》まれた仏像《ぶつぞう》が額《ひたい》にはめていた白毫《びゃくごう》だ」

「白毫《びゃくごう》……? 仏《ほとけ》さんの眉間《みけん》にあって、光《ひかり》を放《はな》つっちゅう毛ェのことか?」

「ああ。仏像《ぶつぞう》ではしばしば水晶玉《すいしょうだま》でそれを表《あらわ》してる。能面《のうめん》でもそうだ」

コナンは正面《しょうめん》を向《む》き、「オレの推理《すいり》はこうだ」と話《はな》し始《はじ》めた。

「八年前《はちねんまえ》、盗賊団《とうぞくだん》〈源氏蛍《げんじぼたる》〉は、山能寺《さんのうじ》の本堂《ほんどう》に忍《しの》び込《こ》み、秘蔵《ひぞう》の仏像《ぶつぞう》を盗《ぬす》み出《だ》した。だが、運《はこ》び去《さ》る途中《とちゅう》で、白毫《びゃくごう》が外《はず》れて落《お》ちてしまう……。後《あと》で気《き》づいた首領《しゅりょう》の義経《よしつね》は、手下《てした》の一人《ひとり》に山能寺《さんのうじ》まで捜《さが》しに行《い》かせた。だが、服部《はっとり》が先《さき》に水晶玉《すいしょうだま》を見《み》つけてしまった。おそらく手下《てした》は、服部《はっとり》が水晶玉《すいしょうだま》を持《も》ち去《さ》っていくのを見《み》て追《お》いかけたが、途中《とちゅう》で見失《みうしな》ってしまったんだろう。やむなく、首領《しゅりょう》は仏像《ぶつぞう》を桜《さくら》さんの店《みせ》の倉庫《そうこ》に保管《ほかん》した。そして八年後《はちねんご》、犯人《はんにん》はひょんなことから八年前《はちねんまえ》の少年《しょうねん》がおまえであることを知《し》ったんだ」

平次《へいじ》はインタビューを受《う》けた雑誌《ざっし》を思《おも》い出《だ》して、アッと目《め》を見開《みひら》いた。

「あの雑誌《ざっし》か……!」

インタビューの記事《きじ》には水晶玉《すいしょうだま》を手《て》にした平次《へいじ》と、水晶玉《すいしょうだま》を拾《ひろ》った小学三年生当時《しょうがくさんねんせいとうじ》の写真《しゃしん》が載《の》っている。犯人《はんにん》はそれを見《み》て、平次《へいじ》が白毫《びゃくごう》を持《も》ち去《さ》った少年《しょうねん》だとわかったのだ。

コナンはベンチからおり、エサをつつく鳩《はと》の間《あいだ》を抜《ぬ》けて平次《へいじ》の前《まえ》で立《た》ち止《ど》まった。

「同《おな》じ頃《ころ》、盗賊団《とうぞくだん》の中《なか》でも事件《じけん》が起《お》きた。おそらく首領《しゅりょう》が重《おも》い病気《びょうき》か何《なに》かになったんだ。死期《しき》を悟《さと》った首領《しゅりょう》は、山能寺《さんのうじ》から盗《ぬす》み出《だ》した仏像《ぶつぞう》を別《べつ》の場所《ばしょ》に隠《かく》し、その場所《ばしょ》の謎《なぞ》かけをした絵《え》を子分《こぶん》たちに渡《わた》して、謎《なぞ》を解《と》いた者《もの》を次《つぎ》の首領《しゅりょう》にするという遺言《ゆいごん》を残《のこ》したんだ」

「そんで死《し》んでしもたんやな」

「後《あと》に残《のこ》った子分《こぶん》たちは懸命《けんめい》に謎《なぞ》を解《と》こうとしたが、解《と》けなかった。その頃《ころ》——」

「仲間《なかま》の一人《ひとり》である桜《さくら》さんが、犯人《はんにん》に手《て》ェ組《く》も言《い》うてきた」

平次《へいじ》はそう言《い》うと、ベンチから立《た》ち上《あ》がった。

「桜《さくら》さんは、犯人《はんにん》の剣《けん》の腕《うで》を見込《みこ》んで、他《ほか》の子分《こぶん》を全員殺《ぜんいんころ》すようそそのかしたんやろ。その上《うえ》で、仏像《ぶつぞう》と白毫《びゃくごう》の行方《ゆくえ》を二人《ふたり》でつかみ、仏像《ぶつぞう》を売《う》った金《かね》を山分《やまわ》けしよ言《い》うてきたんや」

「ああ。おそらく、盗賊団《とうぞくだん》の中《なか》で古美術商《こびじゅつしょう》の桜《さくら》さんだけが、盗《ぬす》んだ美術品《びじゅつひん》の売却《ばいきゃく》ルートを握《にぎ》ってたんだろう。だから、自分《じぶん》だけは安全《あんぜん》だと高《たか》をくくってたんだ」

六角堂《ろっかくどう》を出《で》た二人《ふたり》は烏丸通《からすまどおり》を南下《なんか》し、四条通《しじょうどおり》の商店街《しょうてんがい》を歩《ある》きながら、推理《すいり》を続《つづ》けた。

「犯人《はんにん》は、桜《さくら》さんの話《はなし》にのったフリをした。本心《ほんしん》は最初《さいしょ》から仲間全員殺《なかまぜんいんころ》して、宝《たから》を独《ひと》り占《じ》めするつもりやったんや」

「だが、そのためにはとにかく、首領《しゅりょう》が残《のこ》した謎《なぞ》を解《と》かなければならない。そこで犯人《はんにん》は……」

「名探偵《めいたんてい》の毛利小五郎《もうりこごろう》に謎《なぞ》を解《と》いてもらおて思《おも》いついたんやな」

高倉通《たかくらどおり》を南下《なんか》していくと、やがて山門《さんもん》が見《み》えてきた。二人《ふたり》は門《もん》をくぐり、境内《けいだい》を進《すす》む。

「仏光寺《ぶっこうじ》……ここや……」

本堂《ほんどう》の前《まえ》で立《た》ち止《ど》まった平次《へいじ》は、周囲《しゅうい》を見回《みまわ》した。夕暮《ゆうぐ》れ時《どき》の境内《けいだい》に人気《ひとけ》はなく、鳥《とり》の鳴《な》き声《ごえ》だけが聞《き》こえてくる。

「……けど、ホンマにこの中《なか》に仏像《ぶつぞう》が隠《かく》してあるんか？」

「ああ……何《なに》かが違《ちが》う感《かん》じがする……」

ひな壇《だん》の絵《え》に描《えが》かれた点《てん》は、確《たし》かにこの仏光寺《ぶっこうじ》がある辺《あた》りだった。けれど、コナンはどことなく違和感《いわかん》を感《かん》じていた。何《なん》だかしっくりこない。

あの『玉《たま》』という字《じ》は、もっと他《ほか》に重要《じゅうよう》な意味《いみ》があるような気《き》がするのだ——。

「あっ!!」

山門《さんもん》の近《ちか》くに碑《ひ》があったのを思《おも》い出《だ》したコナンは、踵《きびす》を返《かえ》して門《もん》へ走《はし》った。

「お、おい！　何思《なにおも》いついてんや!!」

平次《へいじ》が驚《おどろ》いて追《お》いかけると、コナンは通《とお》りの角《かど》にある碑《ひ》の前《まえ》で立《た》ち止《ど》まった。そして碑《ひ》に刻《きざ》まれた文字《もじ》に目《め》を見張《みは》る。

「これは……!!」

碑《ひ》には『玉龍寺跡《ぎょくりゅうじあと》』と刻《きざ》まれていた。昔《むかし》、ここに『玉龍寺《ぎょくりゅうじ》』という寺《てら》があったのだ。

「玉龍寺《ぎょくりゅうじ》!?　絵《え》にあった点《てん》はこっちか!!」

「ああ……」

二人《ふたり》が険《けわ》しい目《め》で碑《ひ》を見《み》ていると、平次《へいじ》の携帯電話《けいたいでんわ》が鳴《な》った。——和葉《かずは》からだ。

「オレや。おまえ、今《いま》どこにおんねん？」

『この娘《むすめ》は預《あず》かった』

いきなり変声機《へんせいき》越《ご》しの低《ひく》い声《こえ》が聞《き》こえてきて、平次《へいじ》は「⁉」と目《め》を見開《みひら》いた。

『一時間後《いちじかんご》、一人《ひとり》で鞍馬山《くらまやま》の玉龍寺《ぎょくりゅうじ》へ来《こ》い。警察《けいさつ》に知《し》らせれば、娘《むすめ》の命《いのち》はない』

犯人《はんにん》が言《い》い終《お》わると、『平次《へいじ》ッ』と和葉《かずは》の声《こえ》がした。

『来《き》たらアカン！　殺《ころ》されてしまう‼』

「和葉《かずは》⁉　和葉《かずは》――‼」

電話《でんわ》が切《き》れて、平次《へいじ》がだらりと力《ちから》なく腕《うで》を下《お》ろす。

「……服部《はっとり》？」

「和葉《かずは》……和葉《かずは》がさらわれてしもた！」

「何《なに》⁉」

「一時間後《いちじかんご》、一人《ひとり》で鞍馬山《くらまやま》の玉龍寺《ぎょくりゅうじ》に来《こ》いと言《い》うて……」

「玉龍寺《ぎょくりゅうじ》⁉」

コナンは驚《おどろ》いて目《め》の前《まえ》の碑《ひ》に目《め》を向《む》けた。

ここにあった寺《てら》は、鞍馬山《くらまやま》に移《うつ》されていたのだ。そしてそこに和葉《かずは》が――。

「上等《じょうとう》じゃねぇか。二人《ふたり》で今《いま》からそこへ乗《の》り込《こ》んで――」

コナンが振《ふ》り返《かえ》ったとたん――平次《へいじ》が短《みじか》くうめいて膝《ひざ》をついた。

「服部《はっとり》――!?」

苦《くる》しそうに顔《かお》をゆがめた平次《へいじ》は、そのまま倒《たお》れ込《こ》んでしまった。


一人《ひとり》で京都《きょうと》を散策《さんさく》していた灰原《はいばら》は、堀川《ほりかわ》に架《か》かる戻橋《もどりばし》に来《き》ていた。

橋《はし》のたもとの大《おお》きな柳《やなぎ》の下《した》には、橋《はし》にまつわる伝説《でんせつ》が書《か》かれた札《ふだ》が立《た》っていて、灰原《はいばら》はその文《ぶん》を目《め》で追《お》った。

父《ちち》の死《し》を遠《とお》くで聞《き》いた子《こ》が急《いそ》いで京都《きょうと》に戻《もど》ってみると、その葬列《そうれつ》はちょうどこの橋《はし》の上《うえ》を通《とお》っていて、そのとき父《ちち》は一時的《いちじてき》に蘇生《そせい》し、父《ちち》と子《こ》は言葉《ことば》を交《か》わしたという――。

立《た》て札《ふだ》を読《よ》んだ灰原《はいばら》の顔《かお》が少《すこ》しほころんだそのとき、携帯電話《けいたいでんわ》が鳴《な》った。

「もしもし」

電話《でんわ》に出《で》た灰原《はいばら》は、相手《あいて》の言葉《ことば》に思《おも》わず「え……!?」と声《こえ》を荒《あ》らげた。

9

西《にし》の空《そら》に太陽《たいよう》が沈《しず》み、鞍馬山《くらまやま》が茜色《あかねいろ》に染《そ》まり始《はじ》めると、玉龍寺《ぎょくりゅうじ》の境内《けいだい》に並《なら》ぶかがりに火《ひ》が灯《とも》された。荒《あ》れ果《は》てた本堂《ほんどう》が炎《ほのお》に照《て》らされ、不気味《ぶきみ》に浮《う》かび上《あ》がる。

本堂《ほんどう》の横《よこ》にはかつて僧侶《そうりょ》が暮《く》らしていた庫裏《くり》があり、その一室《いっしつ》に和葉《かずは》は閉《と》じ込《こ》められていた。目隠《めかく》しをされ、さらに両手《りょうて》を後《うし》ろで縛《しば》られている。

――どれくらいここにいるんだろう。

梅小路公園《うめこうじこうえん》で誰《だれ》かに襲《おそ》われて意識《いしき》を失《うしな》い、気《き》づいたらここにいたのだ。

犯人《はんにん》は電話《でんわ》で鞍馬山《くらまやま》の玉龍寺《ぎょくりゅうじ》と言《い》っていた。犯人《はんにん》が平次《へいじ》に電話《でんわ》をかけたとき、ここに来《き》たらあかんって叫《さけ》んだけれど、平次《へいじ》にちゃんと伝《つた》わっただろうか……。

和葉《かずは》が平次《へいじ》のことを考《かんが》えていると、部屋《へや》の外《そと》からバタバタと走《はし》る足音《あしおと》が聞《き》こえてきた。

「師範《しはん》の指示《しじ》や。予備《よび》の刀《かたな》は弁慶《べんけい》の、弓矢《ゆみや》は六角《ろっかく》の引《ひ》き出《だ》しにしもとけ！」

男《おとこ》の声《こえ》が聞《き》こえてきたかと思《おも》うと、障子《しょうじ》の開《あ》く音《おと》がして、誰《だれ》かが部屋《へや》に入《はい》ってきた。

「ええと、弁慶《べんけい》の引《ひ》き出《だ》しは……っと」

男《おとこ》はブツブツ言《い》いながら和葉《かずは》の前《まえ》を通《とお》っていき、部屋《へや》の奥《おく》で何《なに》やらゴソゴソと音《おと》を立《た》てると、また和葉《かずは》の前《まえ》を通《とお》って部屋《へや》を出《で》ていった。

(何《なん》やろ、弁慶《べんけい》と六角《ろっかく》の引《ひ》き出《だ》しって……)

コナンと平次《へいじ》が仏光寺《ぶっこうじ》の話《はなし》をしていたと円海《えんかい》から聞《き》いた蘭《らん》は、一人《ひとり》で仏光寺《ぶっこうじ》を訪《おとず》れた。

しかし、寺《てら》の中《なか》に二人《ふたり》の姿《すがた》は見当《みあ》たらなかった。

「ホントにどこに行《い》っちゃったんだろう、あの二人《ふたり》。和葉《かずは》ちゃんも携帯《けいたい》に電話《でんわ》しても出《で》ないし……」

携帯《けいたい》を片手《かたて》に山門《さんもん》を出《で》てきた蘭《らん》は、通《とお》りの角《かど》に立《た》てられた碑《ひ》の前《まえ》でふと立《た》ち止《ど》まった。

碑《ひ》には『玉龍寺跡《ぎょくりゅうじあと》』と刻《きざ》まれている。

「玉龍寺《ぎょくりゅうじ》……？」

そこに子《こ》ども連《づ》れの女性《じょせい》が通《とお》りかかり、蘭《らん》は「すみません」と声《こえ》をかけた。

「この玉龍寺《ぎょくりゅうじ》って、今《いま》どこにあるんですか？」

「鞍馬山《くらまやま》の奥《おく》の方《ほう》ですよ。そやけど、もうずいぶん前《まえ》に廃寺《はいじ》になったて聞《き》いてますけど」

どうも、と頭《あたま》を下《さ》げた蘭《らん》は、再《ふた》び碑《ひ》を見《み》つめた。

「鞍馬山《くらまやま》……」


部屋《へや》から連《つ》れ出《だ》された和葉《かずは》が目隠《めかく》しを取《と》られて目《め》を開《あ》けると、そこは玉龍寺《ぎょくりゅうじ》の本堂《ほんどう》の前《まえ》だった。空《そら》はすっかり暗《くら》くなっていて、流《なが》れる雲《くも》の合間《あいま》からときおり丸《まる》い月《つき》が姿《すがた》を現《あらわ》す。和葉《かずは》の後《うし》ろには、翁《おきな》の面《めん》をつけた人物《じんぶつ》が立《た》っていた。後《うし》ろ手《で》に縛《しば》られた和葉《かずは》の縄《なわ》をつかんでいる。

「遅《おそ》いな……」

能面《のうめん》越《ご》しにくぐもった声《こえ》が聞《き》こえてきて、和葉《かずは》はキッとにらみつけた。

「罠《わな》やとわかってて、そう簡単《かんたん》に来《く》るわけないやん!!」

「そうかな？　臆病風《おくびょうかぜ》に吹《ふ》かれたのかもしれへんぞ」

すると、中門《ちゅうもん》の向《む》こうから階段《かいだん》を上《のぼ》ってくる人影《ひとかげ》が見《み》えた。

「平次《へいじ》！」

野球帽《やきゅうぼう》を深《ふか》くかぶった平次《へいじ》は木刀《ぼくとう》を片手《かたて》に、かがり火《び》の間《あいだ》を通《とお》って本堂《ほんどう》へ向《む》かってくる。

そして和葉《かずは》たちの手前《てまえ》で立《た》ち止《ど》まると、木刀《ぼくとう》を地面《じめん》に突《つ》き刺《さ》した。

「てめぇ！　和葉《かずは》に手《て》ェ出《だ》してねーやろな！」

野球帽《やきゅうぼう》のつばに手《て》をかけて叫《さけ》ぶ平次《へいじ》に、和葉《かずは》は一瞬《いっしゅん》、違和感《いわかん》を覚《おぼ》えた。が、すぐにその疑問《ぎもん》を打《う》ち消《け》す。

「だ、大丈夫《だいじょうぶ》やて、平次《へいじ》」

「アンタがホントに欲《ほ》しかったんは、これやろ」

平次《へいじ》は左手《ひだりて》を帽子《ぼうし》のつばにかけたまま、右手《みぎて》でブルゾンのポケットから水晶玉《すいしょうだま》を取《と》り出《だ》した。翁《おきな》が確《たし》かめるように身《み》を乗《の》り出《だ》す。

平次《へいじ》はすぐに水晶玉《すいしょうだま》を巾着《きんちゃく》に戻《もど》してポケットに入《い》れた。

「この水晶玉《すいしょうだま》を取《と》り戻《もど》すために、アンタは昨日《きのう》この山《やま》でオレを襲《おそ》ったんや。失敗《しっぱい》したみたいやけどな」

そう言《い》って不敵《ふてき》な笑《え》みを浮《う》かべる。

「次《つぎ》にアンタは宝《たから》を独《ひと》り占《じ》めするために、先斗町《ぽんとちょう》のお茶屋《ちゃや》で桜《さくら》さんを殺《ころ》しにかかった。なぜ、祇園《ぎおん》や宮川町《みやがわちょう》やのうて、先斗町《ぽんとちょう》を選《えら》んだか。それは、あそこのお茶屋《ちゃや》だけ裏《うら》に川《かわ》が流《なが》れてるからや」

翁《おきな》に腕《うで》をつかまれた和葉《かずは》が「川《かわ》……？」とつぶやいた。

「おそらく、首領《しゅりょう》がこのお茶屋《ちゃや》によう通《かよ》っていたとでも言《い》うて、桜《さくら》さんに納戸《なんど》を調《しら》べるよう仕向《しむ》けたんやろう。あんたは納戸《なんど》で仏像《ぶつぞう》を捜《さが》していた桜《さくら》さんを殺《ころ》した後《あと》、警備会社《けいびがいしゃ》が迷《まい》子《ご》や盗難防止《とうなんぼうし》に使《つか》う端末《たんまつ》と凶器《きょうき》を一緒《いっしょ》にペットボトルに入《い》れて、地下《ちか》のガラス戸《ど》からみそぎ川《がわ》に捨《す》てた。そして後《あと》から携帯電話《けいたいでんわ》で警備会社《けいびがいしゃ》のホームページにアクセスして、端末《たんまつ》の位置《いち》を調《しら》べ、回収《かいしゅう》したんや」

園子《そのこ》が聞《き》いた水音《みずおと》は、ペットボトルが川《かわ》に落《お》ちた音《おと》だったのだ。

「その後《あと》で、あんたは大阪《おおさか》へ戻《もど》るオレをバイクで待《ま》ち伏《ぶ》せして、同《おな》じ短刀《たんとう》で殺《ころ》そうとした。この殺《ころ》しは、和葉《かずは》に邪魔《じゃま》されて失敗《しっぱい》したけど、わざと凶器《きょうき》の短刀《たんとう》を残《のこ》して、容疑者《ようぎしゃ》から外《はず》れようとしたんや。犯人《はんにん》は短刀《たんとう》を持《も》って、あのお茶屋《ちゃや》から逃《に》げた誰《だれ》かだと思《おも》わせて……」

平次《へいじ》は野球帽《やきゅうぼう》のつばを少《すこ》し上《あ》げ、翁《おきな》を鋭《するど》い目《め》で見据《みす》えた。

「そうやろ？　西条大河《さいじょうたいが》さん。——いや、武蔵坊弁慶《むさしぼうべんけい》と言《い》った方《ほう》がええかもな」

和葉《かずは》が驚《おどろ》いて見《み》ると、翁《おきな》は頭《あたま》に巻《ま》いた頭巾《ずきん》を外《はず》し、面《めん》の紐《ひも》をほどいた。そして面《めん》をずらして、ギラリとした目《め》をのぞかせる。

面《めん》の下《した》から現《あらわ》れたのは、まさしく西条《さいじょう》だった。

「さすがは浪速《なにわ》の高校生探偵《こうこうせいたんてい》、服部平次《はっとりへいじ》やな。何《なん》で俺《おれ》やとわかった？」

「アンタが弓《ゆみ》やってるのを隠《かく》してるからピンと来《き》たんや。アンタは水尾《みずお》さんの家《いえ》で正座《せいざ》したとき、右足《みぎあし》を半分引《はんぶんひ》いてから座《すわ》った。あれは『半足を引《はんそくひ》く』言《い》うて、弓《ゆみ》をやる者《もん》が癖《くせ》でたまにやってしまう座《すわ》り方《かた》や。それと、弓《ゆみ》をやってるものについて訊《き》かれたとき、あんたはうっかり『やまくら』と言《い》いかけた……」

水尾《みずお》の家《いえ》でコナンが弓《ゆみ》をやっている人《ひと》はいないかと訊《き》いたとき、西条《さいじょう》は「そういえば、やまくら……」と言《い》いかけて、平次《へいじ》は山倉多恵《やまくらたえ》のことだと勘違《かんちが》いしたのだ。

「あれは女性《じょせい》の山倉《やまくら》さんのことやなく、『矢《や》の枕《まくら》』——弓《ゆみ》を引《ひ》くときに矢《や》をのせる左手親《ひだりておや》指甲《ゆびこう》の第二関節《だいにかんせつ》のことや。おそらく、あんたはこう言《い》おうとしたんやろ。『そう言《い》えば、矢枕《やまくら》を怪我《けが》してはりますよ、千賀鈴《ちかすず》さんは』ってな！」

山能寺《さんのうじ》で千賀鈴《ちかすず》が『矢枕《やまくら》』という言葉《ことば》を出《だ》したとき、平次《へいじ》とコナンはピンと来《き》たのだ。

「『矢枕《やまくら》』なんて言葉《ことば》知《し》ってんのは、弓《ゆみ》やってるヤツしかいねーからな。ちなみに竜円《りゅうえん》さんは弓《ゆみ》は素人《しろうと》や。弓《ゆみ》の両端《りょうはし》に張《は》る糸《いと》を『弦《つる》』やのうて『げん』言《い》うてたからな」

平次《へいじ》の推理《すいり》を黙《だま》って聞《き》いていた西条《さいじょう》は、フッと鼻《はな》で笑《わら》った。

「俺《おれ》は竜円《りゅうえん》たちと町《まち》の剣道場《けんどうじょう》に通《かよ》ってたんや。そやけどあるとき、義経流《ぎけいりゅう》ゆう古《ふる》い流派《りゅうは》が京都《きょうと》にあることを知《し》ったんや。俺《おれ》は独学《どくがく》で義経流《ぎけいりゅう》を勉強《べんきょう》した……そして、二年前《にねんまえ》に剣道場《けんどうじょう》をやめて、自《みずか》ら義経流《ぎけいりゅう》の後継者《こうけいしゃ》を名乗《なの》ったんや」

「弁慶《べんけい》が義経流《ぎけいりゅう》か……」

平次《へいじ》が皮肉交《ひにくま》じりに言《い》うと、西条《さいじょう》は「俺《おれ》は……」と奥歯《おくば》をかみしめた。

「オレは元々《もともと》、弁慶《べんけい》より義経《よしつね》が好《す》きやった。義経《よしつね》になりたかったんや!!」

身《み》を乗《の》り出《だ》して叫《さけ》ぶ西条《さいじょう》に、和葉《かずは》は目《め》を見張《みは》った。

「そやけど『義経《よしつね》』はカシラに取《と》られ、盗賊団《とうぞくだん》で一番上《いちばんうえ》に立《た》つ俺《おれ》は『弁慶《べんけい》』の呼《よ》び名《な》をつけられたっちゅうわけや」

「仏像《ぶつぞう》を独《ひと》り占《じ》めしようとしたのは、やはり金《かね》のためか？」

「そうや。けど、私欲《しよく》やない。洛中《らくちゅう》に義経流《ぎけいりゅう》の道場作《どうじょうつく》るためや」

西条《さいじょう》はそう言《い》うと、手《て》を広《ひろ》げて本堂《ほんどう》をチラリと見《み》た。

「この寺《てら》、カシラが住職《じゅうしょく》やっててな。廃寺《はいじ》になった後《あと》も、管理《かんり》はカシラがしとったんや。ほんで義経流《ぎけいりゅう》の道場《どうじょう》として使《つか》わせてもろとった。そやけど、三月前《みつきまえ》にカシラが死《し》んで、寺《てら》は壊《こわ》されることになった。もう道場《どうじょう》として使《つか》われへんようになるんや！」

「……ひとつだけ訊《き》いておきたい。竜円《りゅうえん》さんは利用《りよう》しただけなんやな」

平次《へいじ》の問《と》いに、西条《さいじょう》は「そうや」と笑《え》みを浮《う》かべた。

「前《まえ》から仏像《ぶつぞう》の話《はなし》聞《き》いててな。俺《おれ》があの手紙《てがみ》を山能寺《さんのうじ》に届《とど》けたら、案《あん》の定相談《じょうそうだん》に来《き》よった。それで、毛利小五郎《もうりこごろう》に依頼《いらい》するよう仕向《しむ》けたんや。あいつには、毛利探偵《もうりたんてい》が謎解《なぞと》いたらすぐ教《おし》えるよう言《い》い含《ふく》めといた。毛利探偵《もうりたんてい》が謎解《なぞと》いた時点《じてん》で……」

「二人《ふたり》とも、殺《ころ》すつもりやった」

平次《へいじ》が先回《さきまわ》りすると、西条《さいじょう》はフンと鼻《はな》で笑《わら》った。

「そうや。桜《さくら》をやったんは、あの男《おとこ》の手《て》ェ借《か》りんでも仏像《ぶつぞう》を売《う》る相手見《あいてみ》つけられたからや。今《いま》はインターネットゆう便利《べんり》なもんがあるさかいな。——さあ、もうおしゃべりはおしまいや。その水晶玉渡《すいしょうだまわた》してもらおうか！」

「渡《わた》す代《か》わりに和葉《かずは》を放《はな》せ！」

「ええでェ。仏像《ぶつぞう》の隠《かく》し場所《ばしょ》教《おし》えてくれたらなァ」

「何《なに》!?」

「竜円《りゅうえん》からアンタが宝《たから》の在《あ》り処《か》見《み》つけたらしいちゅう電話《でんわ》もろたんや。その前《まえ》に、水晶玉《すいしょうだま》取《と》ろ思《おも》て弟子《でし》たちにこの女《おんな》さらわせてたんやけど、ちょうどよかった」

西条《さいじょう》はそう言《い》うと、和葉《かずは》の両手《りょうて》を縛《しば》った縄《なわ》をグイッと引《ひ》っ張《ぱ》った。

「さあ、仏像《ぶつぞう》はどこや!?」

「この寺《てら》ン中《なか》や！」

「何《なん》やと!?」

「灯台下暗《とうだいもとくら》しってとこかな」

平次《へいじ》がニヤリと笑《わら》うと、西条《さいじょう》は「嘘《うそ》つけ！」と叫《さけ》んだ。

「この寺《てら》はとっくに調《しら》べてある！　どこにも――」

「嘘《うそ》じゃない!!」

気迫《きはく》のこもった平次《へいじ》の声《こえ》に少《すこ》し考《かんが》えた西条《さいじょう》は、和葉《かずは》の背中《せなか》をドンと押《お》した。前《まえ》のめりに数歩進《すうほすす》んだ和葉《かずは》が立《た》ち止《ど》まって振《ふ》り返《かえ》ると、西条《さいじょう》は行《い》けとあごをしゃくった。和葉《かずは》が石段《いしだん》をおり、平次《へいじ》の方《ほう》へと歩《ある》いていく。

すると、西条《さいじょう》がうすら笑《わら》いを浮《う》かべた。腰《こし》に差《さ》した刀《かたな》の鍔《つば》を親指《おやゆび》で押《お》し上《あ》げる。

「和葉《かずは》！　走《はし》れ!!」

平次《へいじ》が叫《さけ》ぶと同時《どうじ》に、刀《かたな》を抜《ぬ》いた西条《さいじょう》が和葉《かずは》に向《む》かって走《はし》り出《だ》した。

「平次《へいじ》――!!」

木刀《ぼくとう》を地面《じめん》から抜《ぬ》いた平次《へいじ》はすばやく駆《か》け出《だ》し、和葉《かずは》に振《ふ》り下《お》ろされた刀《かたな》を木刀《ぼくとう》で受《う》けた。刀《かたな》を振《ふ》り払《はら》った平次《へいじ》は、和葉《かずは》を抱《かか》えて中門《ちゅうもん》へと走《はし》り出《だ》す。

すると、門《もん》には般若《はんにゃ》の面《めん》をつけた男《おとこ》たちが待《ま》ち構《かま》えていた。刀《かたな》を抜《ぬ》いて立《た》ちはだかる。

平次《へいじ》と和葉《かずは》が振《ふ》り返《かえ》ると、西条《さいじょう》の周囲《しゅうい》にも別《べつ》の般若《はんにゃ》たちが走《はし》り込《こ》んできて、刀《かたな》を構《かま》えた。

西条《さいじょう》がフッフッフッ……と笑《わら》い出《だ》す。

「オレのかわいい弟子《でし》たちや！　――おまえらは手《て》ェ出《だ》すな！」

弟子《でし》たちを制《せい》した西条《さいじょう》は、刀《かたな》を構《かま》えて飛《と》び出《だ》した。平次《へいじ》が木刀《ぼくとう》を構《かま》える。

てやぁ!!　と西条《さいじょう》の刀《かたな》が木刀《ぼくとう》を切《き》りつけ、真《ま》っ二《ぷた》つに断《た》たれた木刀《ぼくとう》が宙《ちゅう》を飛《と》んだ。後《あと》ずさった平次《へいじ》はとっさに和葉《かずは》を押《お》しやって自分《じぶん》から遠《とお》ざけた。

「平次《へいじ》!!」

膝《ひざ》をついた和葉《かずは》の前《まえ》で、平次《へいじ》が必死《ひっし》で西条《さいじょう》の刀《かたな》をかわす。その顔《かお》を間近《まぢか》で見《み》たとたん、和葉《かずは》はアッと目《め》を丸《まる》くした。

「やめて！　この人《ひと》、平次《へいじ》とちゃう!!」

西条《さいじょう》が刀《かたな》を真上《まうえ》に切《き》り上《あ》げ、つばが裂《さ》けた野球帽《やきゅうぼう》が宙《ちゅう》を舞《ま》った。

平次《へいじ》が小《ちい》さく息《いき》をつき、顔《かお》を腕《うで》で覆《おお》う。

「だ、誰《だれ》や！　誰《だれ》なんや、おまえは⁉」

刀《かたな》を構《かま》える西条《さいじょう》の前《まえ》で、平次《へいじ》は顔《かお》を腕《うで》で拭《ふ》き始《はじ》めた。そして、その腕《うで》をゆっくりと下《お》ろすと、ファンデーションが取《と》れた肌《はだ》が現《あらわ》れ、鋭《するど》い目《め》をのぞかせる。

「工藤新一《くどうしんいち》……探偵《たんてい》さ」

不敵《ふてき》な笑《え》みを浮《う》かべる新一《しんいち》に、和葉《かずは》はぽかんと口《くち》を開《あ》けた。


「何《なん》じゃと？　あの薬《くすり》を飲《の》ませたのか⁉」

灰原《はいばら》に呼《よ》ばれて病院《びょういん》を訪《おとず》れた阿笠博士《あがさはかせ》は、病棟《びょうとう》の廊下《ろうか》で声《こえ》をひそめて訊《き》き返《かえ》した。

「工藤君《くどうくん》から電話《でんわ》で、一時的《いちじてき》にでももう一度《いちど》、工藤新一《くどうしんいち》に戻《もど》れる方法《ほうほう》はないかって訊《き》かれてね。でも、『アポトキシン４８６９』の解毒剤《げどくざい》の試作品《しさくひん》はもうないし、前《まえ》に風邪薬《かぜぐすり》代《が》わりに飲《の》んで元《もと》の体《からだ》に戻《もど》れた『白乾児《パイカル》』も、抗体《こうたい》ができてしまってもう効《き》かない……そのとき、ふと思《おも》いついたの」

灰原《はいばら》はそう言《い》って、ショルダーバッグから阿笠博士《あがさはかせ》のピルケースを取《と》り出《だ》した。

「強《つよ》い風邪《かぜ》と同《おな》じ症状《しょうじょう》を引《ひ》き起《お》こすこの薬《くすり》を飲《の》んで、もう一度《いちど》〈白乾児《パイカル》〉を飲《の》めば、一回《いっかい》くらいは元《もと》の体《からだ》に戻《もど》れるかもしれないってね」

「そ、それで……？」

阿笠博士《あがさはかせ》がたずねると、灰原《はいばら》はフッと微笑《ほほえ》んだ。

「思《おも》ったとおり実験《じっけん》は大成功《だいせいこう》。工藤君《くどうくん》は元《もと》の体《からだ》に戻《もど》ったわ……でも、強《つよ》い風邪《かぜ》を引《ひ》いているのと同《おな》じだから、体《からだ》はガタガタだし、命《いのち》の保証《ほしょう》はできないわね」

「で……平次君《へいじくん》の具合《ぐあい》は？」

灰原《はいばら》は「さあ？」と病室《びょうしつ》の方《ほう》を向《む》いてドアノブに手《て》をかけた。

「明日精密検査《あしたせいみつけんさ》をするまで絶対安静《ぜったいあんせい》らしいから、一応彼《いちおうかれ》を見張《みは》るよう頼《たの》まれてるけど……」

ドアを開《ひら》いて病室《びょうしつ》をのぞくと、ベッドはもぬけのカラになっていた。ベッドの柵《さく》に縄状《なわじょう》になったシーツが結《むす》び付《つ》けられ、開《あ》いた窓《まど》にまで延《の》びている。灰原《はいばら》と阿笠博士《あがさはかせ》が窓《まど》の外《そと》をのぞき込《こ》むと、シーツは途中《とちゅう》で結《むす》びつながれて一階《いっかい》の窓《まど》の辺《あた》りまで延《の》びていた。

「工藤君《くどうくん》……」

地面《じめん》に膝《ひざ》をついた和葉《かずは》が呆然《ぼうぜん》と見上《みあ》げると、新一《しんいち》は和葉《かずは》の腕《うで》を取《と》って立《た》ち上《あ》がらせた。

「クソッ、騙《だま》しよったな！」

西条《さいじょう》が刀《かたな》を構《かま》えながら迫《せま》り、二人《ふたり》は右《みぎ》に逃《に》げたが、弟子《でし》たちが前《まえ》をふさぐ。立《た》ち止《ど》まった新一《しんいち》は、振《ふ》り向《む》きざまに折《お》れた木刀《ぼくとう》を西条《さいじょう》に投《な》げた。西条《さいじょう》が刀《かたな》で受《う》けて跳《は》ね返《かえ》すすきに、鐘楼《しょうろう》へと走《はし》る。が、すぐに弟子《でし》たちがにじり寄《よ》ってきた。

新一《しんいち》は荒《あら》い呼吸《こきゅう》をしながら、鐘楼《しょうろう》にもたれかかった和葉《かずは》をチラリと見《み》た。

(何《なん》とか彼女《かのじょ》だけでも逃《に》がしてぇけど……体《からだ》が思《おも》うように動《うご》かねぇ！)

そのとき、爆弾《ばくだん》が破裂《はれつ》したような強《つよ》い衝撃《しょうげき》が新一《しんいち》の心臓《しんぞう》を襲《おそ》った。グアッと小《ちい》さくうめき、胸《むね》に手《て》をやる。

(やべえ、もう『白乾児《パイカル》』の効《き》き目《め》が切《き》れて――)

ハッと横《よこ》を向《む》くと、弟子《でし》の一人《ひとり》がすぐそばまで迫《せま》り、刀《かたな》を振《ふ》り上《あ》げながら突進《とっしん》してきた。

新一《しんいち》の眉間《みけん》をめがけて刀《かたな》が振《ふ》り下《お》ろされる。

殺《や》られる――!! と思《おも》った瞬間《しゅんかん》、振《ふ》り下《お》ろされた刀《かたな》は新一《しんいち》の顔《かお》の前《まえ》でピタリと止《と》まった。

「!?」

「……探偵《たんてい》やらしたら天下一品《てんかいっぴん》やけど」

刀《かたな》を下《お》ろした弟子《でし》は、顔《かお》につけた般若《はんにゃ》の面《めん》に手《て》をかけた。

「侍《さむらい》としてはイマイチやな！」

そう言《い》って面《めん》の下《した》から現《あらわ》れたのは——得意《とくい》げに笑《わら》う平次《へいじ》だった。

「服部《はっとり》!?」「平次《へいじ》!!」

「待《ま》たしたな、和葉《かずは》」

「な、何《なに》が待《ま》たしたなや、ドアホ！　今《いま》まで何《なに》しとったん!!」

平次《へいじ》は何《なに》も言《い》わずに和葉《かずは》の肩《かた》をつかんで後《うし》ろを向《む》かせると、手首《てくび》の縄《なわ》を刀《かたな》で切《き》った。そして襲《おそ》いかかってきた弟子《でし》の一人《ひとり》の刀《かたな》を受《う》けてはじき返《かえ》し、「コラ、工藤《くどう》！」と振《ふ》り返《かえ》る。

「ようもオレの服《ふく》、パクりよったな！」

さらに襲《おそ》いかかってきた別《べつ》の弟子《でし》の刀《かたな》を受《う》け、ひじ打《う》ちを食《く》らわせる。そして新一《しんいち》に近《ちか》づくと、「それに」と新一《しんいち》の首《くび》を指《ゆび》でさすった。

「何塗《なにぬ》ったか知《し》らんけどな、オレはここまで色《いろ》、黒《くろ》ないぞ」

「そうか？」

「まあ、ええ！　ここはオレが引《ひ》き受《う》けたる。おまえは早《はよ》行《い》け！」

そう言《い》って刀《かたな》を構《かま》えた平次《へいじ》は、新一《しんいち》に顔《かお》を近《ちか》づけた。

「ちっさなるまでどっかに隠《かく》れとけよ！　元《もと》に戻《もど》ったら、帰《かえ》ってこい！」

新一《しんいち》はうなずいて中門《ちゅうもん》に向《む》かって走《はし》り出《だ》した。弟子《でし》たちが新一《しんいち》を追《お》うと、平次《へいじ》が「待《ま》たんかい！」と手《て》を広《ひろ》げて立《た》ちはだかる。

「おまえらの相手《あいて》はオレじゃ!!」

平次《へいじ》は向《む》かってきた弟子《でし》たちの刀《かたな》を次々《つぎつぎ》とはじき返《かえ》し、和葉《かずは》は平次《へいじ》の後《うし》ろに回《まわ》った。

「和葉《かずは》！　工藤《くどう》に会《お》うたこと誰《だれ》にも言《い》うなよ！　あの姉《ねえ》ちゃんにもな！」

「え？　蘭《らん》ちゃんにも？　何《なん》で!?」

「何《なん》でもや！」

刀《かたな》を構《かま》えなおした平次《へいじ》は目《め》を細《ほそ》め、小《ちい》さくつぶやいた。

「どうせ会《あ》われへんのや、知《し》らん方《ほう》がええ……」

そして横《よこ》から襲《おそ》いかかってきた弟子《でし》をよけると、後方《こうほう》に回《まわ》り込《こ》んで背中《せなか》を蹴《け》った。殺気《さっき》立《だ》った西条《さいじょう》が刀《かたな》を構《かま》える。

「おまえら、二人《ふたり》とも生《い》きて返《かえ》さへんっ!!」

飛《と》び出《だ》した西条《さいじょう》は執拗《しつよう》に刀《かたな》を振《ふ》った。その刀《かたな》を受《う》け続《つづ》けた平次《へいじ》の刀《かたな》が真《ま》っ二《ぷた》つに折《お》れる。

「焼《や》きが甘《あま》すぎんで、この刀《かたな》！」

平次《へいじ》の後《うし》ろに回《まわ》った弟子《でし》が刀《かたな》を振《ふ》り下《お》ろした瞬間《しゅんかん》、和葉《かずは》がその手《て》をつかんだ。

「たぁーーっ!!」

勢《いきお》いよく投《な》げ飛《と》ばすと、平次《へいじ》が和葉《かずは》の手《て》を引《ひ》いて走《はし》り出《だ》す。

「追《お》えっ!!」

西条《さいじょう》に命令《めいれい》された弟子《でし》たちは、道場《どうじょう》へと走《はし》っていく二人《ふたり》を追《お》いかけていった。


蘭《らん》は玉龍寺《ぎょくりゅうじ》に続《つづ》く鞍馬山《くらまやま》の山道《やまみち》を走《はし》っていた。うっそうと茂《しげ》る木々《きぎ》の間《あいだ》に作《つく》られた道《みち》に明《あ》かりはなく、月《つき》も雲《くも》に隠《かく》れてしまっている。ほとんど真《ま》っ暗《くら》な道《みち》を、足元《あしもと》に注意《ちゅうい》しながら蘭《らん》は走《はし》り続《つづ》けた。

「おい、おったか!?」

突然《とつぜん》、前方《ぜんぽう》から声《こえ》がして、蘭《らん》は立《た》ち止《ど》まった。

「まだや！」「よう捜《さが》せ!!」

そのただならぬ雰囲気《ふんいき》に、蘭《らん》は思《おも》わず木《き》の陰《かげ》に隠《かく》れる。

「え、何《なに》……？」

と木《き》の陰《かげ》から顔《かお》を出《だ》してのぞこうとすると——突然《とつぜん》、背後《はいご》から口《くち》をふさがれた。とっさに蘭《らん》が拳《こぶし》を握《にぎ》る。

「シッ、静《しず》かに！　ジッとしてろ」

その聞《き》き覚《おぼ》えのある声《こえ》に、蘭《らん》は目《め》を見張《みは》った。

（……まさか……）

蘭《らん》が拳《こぶし》を緩《ゆる》めると、般若《はんにゃ》の面《めん》をつけた男《おとこ》たちが山道《やまみち》を走《はし》って通《とお》り過《す》ぎていった。押《お》さえられていた腕《うで》が解《と》かれ、蘭《らん》は人影《ひとかげ》を振《ふ》り返《かえ》った。すると、雲《くも》に隠《かく》れていた月《つき》が顔《かお》を出《だ》し、森《もり》の中《なか》がうっすらと明《あか》るくなっていく——。

その顔《かお》が月明《つきあ》かりに照《て》らされたとたん、蘭《らん》は嬉《うれ》しそうに目《め》を見開《みひら》いた。

「新一《しんいち》⁉」

目《め》の前《まえ》に現《あらわ》れたのは、まぎれもなく新一《しんいち》だった。木《き》に寄《よ》りかかり、優《やさ》しく微笑《ほほえ》む。

「同《おな》じ顔《かお》だな、あのときと……」

「え？」

新一《しんいち》の顔《かお》をのぞき込《こ》んだ蘭《らん》は、その顔《かお》から汗《あせ》が噴《ふ》き出《で》ているのに気《き》づいた。

「どうしたの？　汗《あせ》びっしょりだよ！」

ポケットからハンカチを取《と》り出《だ》して新一《しんいち》の汗《あせ》を拭《ふ》き、「それに」と山道《やまみち》をチラリと見《み》る。

「何《なん》なの、さっきの人《ひと》たち」

新一《しんいち》は腕時計《うでどけい》の照準器《しょうじゅんき》を立《た》て、蘭《らん》の首筋《くびすじ》に向《む》けて麻酔銃《ますいじゅう》を撃《う》った。あ……と小《ちい》さく声《こえ》を上《あ》げて前《まえ》に倒《たお》れ込《こ》む蘭《らん》の体《からだ》を抱《だ》きとめる。すると、西条《さいじょう》の弟子《でし》たちが引《ひ》き返《かえ》してきた。

「どこ行《い》きよった！」「しゃあない、戻《もど》ンぞ!!」

木《き》の陰《かげ》で息《いき》をひそめ、石段《いしだん》を駆《か》け上《あ》がっていく弟子《でし》たちを見届《みとど》けた新一《しんいち》は、腕《うで》の中《なか》の蘭《らん》を見《み》てフッと笑《え》みをもらした。

(悪《わる》いな、蘭《らん》……今《いま》、オメーと会《あ》うわけには……)

そのとき――心臓《しんぞう》にドクッ……！　と強烈《きょうれつ》な衝撃《しょうげき》が走《はし》った。

(蘭《らん》……!!)

蘭《らん》を抱《だ》く手《て》に力《ちから》がこもる。

熱《あつ》い……心臓《しんぞう》が張《は》り裂《さ》けそうだ……!!

激《はげ》しい痛《いた》みに意識《いしき》が飛《と》びそうになり、新一《しんいち》は歯《は》を食《く》いしばった。

10

境内《けいだい》から逃《に》げて道場《どうじょう》に飛《と》び込《こ》んだ平次《へいじ》と和葉《かずは》は、そのまま渡《わた》り廊下《ろうか》を駆《か》け上《あ》がった。そして本堂《ほんどう》を抜《ぬ》け、その先《さき》の部屋《へや》に入《はい》って扉《とびら》を閉《し》めると、鍵《かぎ》をかけた。

追《お》いかけてきた西条《さいじょう》と弟子《でし》たちが扉《とびら》を開《あ》けようとする。

「鍵《かぎ》がかかって扉《とびら》が開《あ》きません！」

「何《なん》とかせい！」

扉《とびら》の横《よこ》で平次《へいじ》が外《そと》の様子《ようす》をうかがっていると、和葉《かずは》はしゃがみ込《こ》んで畳《たたみ》を触《さわ》り出《だ》した。

「この畳《たたみ》の臭《にお》い……あたしが押《お》し込《こ》められとった部屋《へや》やわ」

すると、扉《とびら》の向《む》こうでドンッと大《おお》きな音《おと》がした。弟子《でし》たちが扉《とびら》をこじ開《あ》けようと蹴《け》ったり体当《たいあ》たりしているのだ。

「ええい！　斧《おの》を持《も》ってこい！　早《は》よう!!」

西条《さいじょう》の命令《めいれい》に、弟子《でし》が走《はし》っていく足音《あしおと》が聞《き》こえる。

「くそ！　破《やぶ》られるのは時間《じかん》の問題《もんだい》やな！」

平次《へいじ》は薄暗《うすぐら》い部屋《へや》の中《なか》を見回《みまわ》しながら奥《おく》へと進《すす》んだ。和葉《かずは》も後《あと》に続《つづ》く。

「武器《ぶき》になるもん、何《なん》かないんか……」

すると部屋《へや》の奥《おく》に大《おお》きなタンスがあるのが見《み》えて、二人《ふたり》は立《た》ち止《ど》まった。

天井《てんじょう》まで届《とど》くその巨大《きょだい》なタンスには大小《だいしょう》の引《ひ》き出《だ》しがあり、その数《かず》はざっと見《み》ただけで軽《かる》く百《ひゃく》を超《こ》えている。

「何《なん》や？　えらい引《ひ》き出《だ》しの多《おお》いタンスやな……」

タンスを見上《みあ》げる平次《へいじ》の横《よこ》で、和葉《かずは》は眉《まゆ》を寄《よ》せた。

――確《たし》か……この部屋《へや》に閉《と》じ込《こ》められていたとき、男《おとこ》が入《はい》ってきて部屋《へや》の奥《おく》で何《なに》やらガサゴソしていたのだ。ちょうど、このタンスの辺《あた》りで。

和葉《かずは》はふと、男《おとこ》たちの会話《かいわ》を思《おも》い出《だ》した。

『予備《よび》の刀《かたな》は弁慶《べんけい》の、弓矢《ゆみや》は六角《ろっかく》の引《ひ》き出《だ》しにしもとけ！』

『ええと、弁慶《べんけい》の引《ひ》き出《だ》しは……』

和葉《かずは》はハッと顔《かお》を上《あ》げた。

あれは、このタンスのことだったのだ――！

「平次《へいじ》！　刀《かたな》は弁慶《べんけい》の引《ひ》き出《だ》しにあんで！」

「何《なに》!?　このタンスのか!?」

再《ふたた》び目《め》の前《まえ》のタンスを見《み》た平次《へいじ》は、眉《まゆ》をひそめた。

「けど、ぎょーさんありすぎて、どれが弁慶《べんけい》の引《ひ》き出《だ》しかわからへんやんけ！」

そのとき、扉《とびら》の方《ほう》でガンッと何《なに》かが打《う》ち込《こ》まれる音《おと》がした。立《た》て続《つづ》けに音《おと》がする。西条《さいじょう》たちが斧《おの》で扉《とびら》を破《やぶ》ろうとしているのだ。

時間《じかん》がない――平次《へいじ》と和葉《かずは》は再《ふたた》びタンスを見上《みあ》げた。

大小《だいしょう》の引《ひ》き出《だ》しがランダムに並《なら》んでいるのを見《み》て、和葉《かずは》があれ？　と近《ちか》づく。

「これ、どっかで見《み》たような……あっ！」

ひらめいた和葉《かずは》はタンスを指差《ゆびさ》した。

「この引《ひ》き出《だ》しの線《せん》、京都《きょうと》の通《とお》りと同《おな》じちゃう!?」

「え!?」

驚《おどろ》いた平次《へいじ》がタンスを見上《みあ》げる。すると、タンスの中央《ちゅうおう》を上下《じょうげ》に仕切《しき》る線《せん》の両端《りょうはし》にカラスの彫刻《ちょうこく》が施《ほどこ》されているのに気《き》づいた。さらに、中央《ちゅうおう》を左右《さゆう》に仕切《しき》る線《せん》の両端《りょうはし》にはタコの彫刻《ちょうこく》がある――。

平次《へいじ》は「わかった！」とタンスにはりついた。

「この線《せん》、烏丸通《からすまどおり》に蛸薬師通《たこやくしどおり》や！」

タンスの中央《ちゅうおう》の線《せん》をなぞった平次《へいじ》は「待《ま》てよ」とあごに手《て》を当《あ》てた。

「もしかして、地名《ちめい》で引《ひ》き出《だ》しの名前付《なまえつ》けてるんとちゃうか？」

「地名《ちめい》……？」

斧《おの》が扉《とびら》を割《わ》る音《おと》が響《ひび》く中《なか》、平次《へいじ》は和葉《かずは》が聞《き》いた男《おとこ》たちの会話《かいわ》を思《おも》い浮《う》かべた。そして目《め》の前《まえ》のタンスを見上《みあ》げる。

「そうや！　六角《ろっかく》は六角堂《ろっかくどう》！　弁慶《べんけい》の引《ひ》き出《だ》しちゅうんは、弁慶石《べんけいいし》のことや！」

弁慶石《べんけいいし》は三条通麩屋町東入《さんじょうどおりふやちょうひがしい》ル――つまり、三条通《さんじょうどおり》と麩屋町通《ふやちょうどおり》が交差《こうさ》したところから東《ひがし》に行《い》った場所《ばしょ》にある。

平次《へいじ》はタンスに手《て》をつき、碁盤《ごばん》の目《め》のように直角《ちょっかく》に交《まじ》わる縦横《たてよこ》の線《せん》を見《み》つめた。この中《なか》から三条通《さんじょうどおり》を探《さが》すには――……。

「手鞠唄《てまりうた》や！」

平次《へいじ》は少女《しょうじょ》が歌《うた》っていた手鞠唄《てまりうた》を思《おも》い出《だ》した。あの唄《うた》は、京都《きょうと》の東西《とうざい》に走《はし》る通《とお》りを北《きた》から順《じゅん》に歌《うた》っているのだ……！

「えーと、まるたけえびすに……」

平次《へいじ》はタンスの線《せん》を見《み》ながら、手鞠唄《てまりうた》を歌《うた》っていった。だが、その先《さき》が思《おも》い出《だ》せない。

「まるたけえびすに……その先《さき》は何《なん》なんや！」

その間《かん》にも、西条《さいじょう》たちは斧《おの》で扉《とびら》を割《わ》り続《つづ》けた。すでに扉《とびら》には幾《いく》つもの裂《さ》け目《め》が現《あらわ》れ、木片《もくへん》がパラパラと部屋《へや》の中《なか》に落《お》ちている。

焦《あせ》れば焦《あせ》るほど唄《うた》の続《つづ》きを思《おも》い出《だ》せず、平次《へいじ》は苛立《いらだ》ったように頭《あたま》をかきむしった。

「ああ～クソッ！　思《おも》い出《だ》されへんっ!!」

するとそのとき、和葉《かずは》が突然《とつぜん》手鞠唄《てまりうた》を歌《うた》い出《だ》した。

「まるたけえびすにおしおいけ～♪　よめさんろっかくたこにしき～♪」

「え……」

平次《へいじ》は目《め》を大《おお》きく見開《みひら》いた。

和葉《かずは》が手鞠唄《てまりうた》を知《し》っていたことにも驚《おどろ》いたが、それより、その歌詞《かし》が――。

（まさか……）

「平次《へいじ》！　三条《さんじょう》は蛸《たこ》の二《ふた》つ前《まえ》や！」

和葉《かずは》に言《い》われて、平次《へいじ》はハッと我《われ》に返《かえ》った。そして「蛸《たこ》の二《ふた》つ上《うえ》……」と蛸《たこ》の細工《さいく》から二《ふた》つ上《うえ》の線《せん》を見《み》る。

「南北《なんぼく》の通《とお》りは〝てらごこふやとみ〟……麩屋町《ふやちょう》は三《みっ》つ目《め》、ここや‼」

右《みぎ》から三《みっ》つ目《め》の線《せん》の右《みぎ》にある引《ひ》き出《だ》しに手《て》をかけたとき――ついに扉《とびら》が破《やぶ》れて西条《さいじょう》たちが飛《と》び込《こ》んできた。二人《ふたり》の弟子《でし》が持《も》つ提灯《ちょうちん》が部屋《へや》を照《て》らす。

「覚悟《かくご》せい！　でぇいやー――‼」

刀《かたな》を抜《ぬ》いた西条《さいじょう》が平次《へいじ》に向《む》かってまっすぐと突《つ》き進《すす》み、平次《へいじ》はとっさに手《て》をかけた引《ひ》き出《だ》しを引《ひ》き抜《ぬ》いて投《な》げた。

細長《ほそなが》い引《ひ》き出《だ》しが平次《へいじ》の横《よこ》を飛《と》び、中《なか》に入《はい》っていた刀《かたな》が宙《ちゅう》に浮《う》かぶ。平次《へいじ》はとっさに刀《かたな》の柄《つか》をつかみ、上段《じょうだん》から打《う》ち込《こ》んできた西条《さいじょう》の刀《かたな》を鞘《さや》で受《う》けた。鞘《さや》が粉々《こなごな》に砕《くだ》けて、その刃《は》が姿《すがた》を現《あらわ》す――。

その妖艶《ようえん》な光《ひかり》をかもし出《だ》す刀《かたな》を見《み》て、平次《へいじ》は唇《くちびる》の端《はし》に笑《え》みを浮《う》かべた。

「この表裏《ひょうり》揃《そろ》った独特《どくとく》の刃文《はもん》、妖刀《ようとう》〈村正《むらまさ》〉やな！　はぁっ‼」

西条《さいじょう》の刀《かたな》を力強《ちからづよ》く払《はら》った平次《へいじ》は、刀《かたな》を構《かま》え直《なお》しつつ和葉《かずは》に歩《あゆ》み寄《よ》った。和葉《かずは》の右手《みぎて》をつかみ、刀《かたな》を前《まえ》に出《だ》す。

「義経《よしつね》にとりつかれたバケモン斬《き》るにはちょうどええ刀《かたな》やで！」

「なにィ〰〰〰ッ!!」

怒《いか》りくるった西条《さいじょう》が刀《かたな》を構《かま》えて飛《と》び出《だ》した。平次《へいじ》も和葉《かずは》を連《つ》れて飛《と》び出《だ》し、斬《き》りかかる西条《さいじょう》の刀《かたな》を振《ふ》り払《はら》う。そしてそのまま扉《とびら》へと突《つ》き進《すす》んだ。

「どけ――っ!!」

迫《せま》る平次《へいじ》を弟子《でし》たちが思《おも》わずよける。平次《へいじ》は部屋《へや》の外《そと》にいた他《ほか》の弟子《でし》たちの刀《かたな》を払《はら》いのけ、渡《わた》り廊下《ろうか》を駆《か》け下《お》りた。


廊下《ろうか》を通《とお》って本堂《ほんどう》の正面《しょうめん》に着《つ》いた平次《へいじ》は、階段《かいだん》の前《まえ》で立《た》ち止《ど》まって和葉《かずは》を振《ふ》り返《かえ》った。

「ええか、オレがアイツをひきつける。その隙《すき》におまえは逃《に》げぇ！」

「イヤや！　アタシも一緒《いっしょ》に――」

「オレの言《い》うことを聞《き》け！」

「平次《へいじ》……」

和葉《かずは》が迷《まよ》っていると、廊下《ろうか》の向《む》こう側《がわ》から提灯《ちょうちん》を持《も》った弟子《でし》が現《あらわ》れた。

「いたぞ！」

「早《は》よ行《い》けっ!!」

和葉《かずは》はうなずき、階段《かいだん》を駆《か》け下《お》りてまっすぐ中門《ちゅうもん》に向《む》かった。弟子《でし》たちの方《ほう》を向《む》いて刀《かたな》を構《かま》えた平次《へいじ》も階段《かいだん》を下《お》り、本堂横《ほんどうよこ》の桜《さくら》の木《き》の方《ほう》へ向《む》かう。

「お前《まえ》たちは娘《むすめ》をつかまえんかい!!」

西条《さいじょう》は弟子《でし》に指示《しじ》すると、平次《へいじ》を追《お》った。

平次《へいじ》は桜《さくら》の木《き》に駆《か》けのぼって枝《えだ》に飛《と》びつき、体《からだ》を回転《かいてん》させて枝《えだ》の上《うえ》に乗《の》った。

中門《ちゅうもん》に向《む》かった和葉《かずは》は、追《お》ってくる弟子《でし》たちをチラリと振《ふ》り返《かえ》った。そしてすぐに前《まえ》を見《み》る。すると、倒《たお》れたかがり火《び》の前《まえ》にコナンが立《た》っていた。

コナンは火《ひ》がついた薪《まき》を蹴《け》り上《あ》げた。薪《まき》が和葉《かずは》の横《よこ》を飛《と》び抜《ぬ》け、弟子《でし》たちに次々《つぎつぎ》と命中《めいちゅう》する。

「コナン君《くん》！」

「和葉姉《かずはねえ》ちゃんっ、平次兄《へいじにい》ちゃんは!?」

和葉《かずは》は本堂《ほんどう》を振《ふ》り返《かえ》った。すると――桜《さくら》の木《き》から平次《へいじ》と西条《さいじょう》が飛《と》び出《だ》し、本堂《ほんどう》の屋根《やね》におりるのが見《み》えた。

「あっこ！」

と和葉《かずは》が本堂《ほんどう》の屋根《やね》を指差《ゆびさ》し、コナンも見上《みあ》げる。

(服部《はっとり》……！)

気《き》がつくと、起《お》き上《あ》がった弟子《でし》たちがにじり寄《よ》っていた。じりじりと迫《せま》り、コナンと和《かず》葉《は》を囲《かこ》んでいく。コナンはクソッと歯噛《はが》みした。

(警察《けいさつ》に知《し》らせたいが携帯《けいたい》は圏外《けんがい》だし……)

足元《あしもと》を見《み》たコナンの目《め》に、火《ひ》のついた薪《まき》が映《うつ》った。

(これだ！)

ひらめいたコナンはとっさに火《ひ》のついた薪《まき》をつかみ、塀《へい》に向《む》かって投《な》げた。

薪《まき》は塀《へい》の前《まえ》に積《つ》み重《かさ》ねられた枯《か》れ枝《えだ》の上《うえ》に落《お》ち、あっという間《ま》に燃《も》え出《だ》した。さらに火《ひ》の粉《こ》が上《あ》がり、塀《へい》の向《む》こうの枯《か》れ木《き》に燃《も》え移《うつ》る。

「おい！　すぐに消《け》すんや！」

「あ、ああ！」

二人《ふたり》の弟子《でし》が駆《か》け出《だ》し、コナンは意味《いみ》ありげな笑《え》みを浮《う》かべた。

(よし！　この火《ひ》に誰《だれ》かが気《き》づけば……！)

「おい！　おい、蘭《らん》!!」

体《からだ》を揺《ゆ》さぶられて目《め》を覚《さ》ますと、小五郎《こごろう》が心配《しんぱい》そうに顔《かお》をのぞき込《こ》んでいた。

「気《き》がついたか？」

「お父《とう》さん……」

木《き》にもたれて座《すわ》り込《こ》んでいた蘭《らん》は、周囲《しゅうい》を見回《みまわ》した。小五郎《こごろう》の背後《はいご》には、白鳥《しらとり》、灰原《はいばら》がいる。

「……新一《しんいち》は？」

小五郎《こごろう》が「はあ？」と眉《まゆ》をひそめる。

「寝《ね》ぼけてんのか？　アイツがいるわけねーだろう。それより、何《なん》でこんなところにおまえが寝《ね》てんだよ」

「お父《とう》さんこそ、どうしてここへ？」

蘭《らん》が身《み》を乗《の》り出《だ》すと、阿笠博士《あがさはかせ》が「ワシが知《し》らせたんじゃ」と口《くち》を開《ひら》いた。

「和葉君《かずはくん》が〈源氏蛍《げんじぼたる》〉に誘拐《ゆうかい》……」

「毛利《もうり》さん!!」

突然《とつぜん》、白鳥《しらとり》が玉龍寺《ぎょくりゅうじ》の方《ほう》を見《み》て叫《さけ》んだ。小五郎《こごろう》たちが目《め》を向《む》けると——木々《きぎ》の間《あいだ》から、黒煙《こくえん》を巻《ま》き上《あ》げて真《ま》っ赤《か》に燃《も》え上《あ》がる炎《ほのお》が見《み》えた。


本堂《ほんどう》の屋根《やね》の上《うえ》では、刀《かたな》を構《かま》えた西条《さいじょう》と平次《へいじ》が対峙《たいじ》していた。その下《した》では、消火器《しょうかき》を持《も》ってきた弟子《でし》たちが、枯《か》れ枝《えだ》の炎《ほのお》めがけて噴射《ふんしゃ》し始《はじ》めた。

「そろそろ決着《けっちゃく》つけようやないか!」

西条《さいじょう》は構《かま》えていた刀《かたな》をダラリと下《お》ろした。

「望《のぞ》むところや!」

刀《かたな》を構《かま》えた平次《へいじ》は西条《さいじょう》めがけて瓦《かわら》の上《うえ》を駆《か》け出《だ》した。西条《さいじょう》も刀《かたな》を下《さ》げたまま飛《と》び出《だ》す。

「ダアッ!!」

平次《へいじ》が刀《かたな》を振《ふ》り下《お》ろそうとすると、西条《さいじょう》が籠手《こて》をつけた左腕《ひだりうで》を顔《かお》の前《まえ》に出《だ》した。刀《かたな》を止《と》めた平次《へいじ》はすばやく後方《こうほう》へ飛《と》びのく。

「二度《にど》とおんなじ手《て》ェ食《く》わへんで」

「ほなら、これはどうや！」

西条《さいじょう》は腰《こし》に差《さ》した短《みじか》い刀《かたな》を抜《ぬ》いた。

「小太刀《こだち》か……」

「ただの小太刀《こだち》とちゃう。即効性《そっこうせい》のある猛毒《もうどく》が塗《ぬ》ってあるんや！」

「何《なん》やて⁉」

「ちいとでも掠《かす》ったらお陀仏《だぶつ》やで」

西条《さいじょう》がニヤリとしながら小太刀《こだち》を顔《かお》の前《まえ》に掲《かか》げる。地上《ちじょう》で様子《ようす》をうかがっていたコナンと和葉《かずは》の耳《みみ》にも、その言葉《ことば》は届《とど》いていた。

「なんちゅう卑怯《ひきょう》なヤツや！」

西条《さいじょう》が両手《りょうて》に刀《かたな》と小太刀《こだち》を構《かま》え、平次《へいじ》は一歩《いっぽ》後退《こうたい》した。向《む》かってきた西条《さいじょう》が右手《みぎて》の刀《かたな》を振《ふ》り下《お》ろし、平次《へいじ》が受《う》け止《と》める。と同時《どうじ》に、西条《さいじょう》が左手《ひだりて》の小太刀《こだち》を真横《まよこ》に振《ふ》り抜《ぬ》いた。平《へい》次《じ》が後方《こうほう》にジャンプしてよけると、すぐさま小太刀《こだち》で突《つ》く。

右《みぎ》にそれた平次《へいじ》はそのまま刀《かたな》を振《ふ》り下《お》ろした。西条《さいじょう》が両手《りょうて》の刀《かたな》をクロスして受《う》け、にらみ合《あ》った二人《ふたり》は同時《どうじ》に後《うし》ろに飛《と》びのいた。

すると、西条《さいじょう》がすかさず前《まえ》へ出《で》て、刀《かたな》を振《ふ》り回《まわ》すと同時《どうじ》に右足《みぎあし》を横《よこ》から回《まわ》して平次《へいじ》を蹴《け》り上《あ》げた。蹴《け》り飛《と》ばされた平次《へいじ》は屋根《やね》を転《ころ》がり、落《お》ちる寸前《すんぜん》で刀《かたな》を突《つ》き刺《さ》して踏《ふ》みとどまった。西条《さいじょう》がゆっくりと屋根《やね》を滑《すべ》り、平次《へいじ》に近《ちか》づいていく。

「アカン！　平次《へいじ》が危《あぶ》ない!!」

「もう逃《に》げられへんやろ！　下《した》からは弓《ゆみ》で狙《ねろ》てるしな！」

平次《へいじ》は驚《おどろ》いて屋根《やね》の下《した》を振《ふ》り返《かえ》った。いつのまにか三人《さんにん》の弟子《でし》が、庫裏《くり》の横《よこ》から平次《へいじ》に向《む》けて弓《ゆみ》を引《ひ》いて構《かま》えている。

和葉《かずは》も弓《ゆみ》を構《かま》える弟子《でし》たちを見《み》て、「何《なん》とかせな……！」と唇《くちびる》をかんだ。すると、横《よこ》にいたコナンがいきなり左《ひだり》に走《はし》り出《だ》した。

「待《ま》てっ!!」

追《お》おうとする弟子《でし》に和葉《かずは》がすばやく飛《と》びかかり、左手《ひだりて》をつかんで地面《じめん》にねじふせる。

鐘楼《しょうろう》の前《まえ》で立《た》ち止《ど》まったコナンは、「おーい！　こっち!!」と弓《ゆみ》を構《かま》える弟子《でし》たちに手《て》を振《ふ》った。そして右手《みぎて》を大《おお》きく振《ふ》り上《あ》げ、ライトをつけた腕時計《うでどけい》を真上《まうえ》に放《はな》つ。弟子《でし》たちは暗闇《くらやみ》に浮《う》かぶライトの明《あ》かりに向《む》かって矢《や》を放《はな》った。

三本《さんぼん》の矢《や》が鐘楼《しょうろう》に突《つ》き刺《さ》さり、走《はし》ってきたコナンはジャンプして矢《や》の上《うえ》に飛《と》び乗《の》った。

そして階段《かいだん》を駆《か》け上《あ》がるように矢《や》から矢《や》へ飛《と》び移《うつ》り、さらに大《おお》きくジャンプをしてボール射出《しゃしゅつ》ベルトのボタンを押《お》した。バックルから膨《ふく》らんで飛《と》び出《だ》したサッカーボールを、キック力増強《りょくぞうきょう》シューズで蹴《け》る――！

「食《く》らえ――――っ!!」

サッカーボールは暗闇《くらやみ》を裂《さ》くように本堂《ほんどう》の屋根《やね》へと突《つ》き進《すす》み、西条《さいじょう》の小太刀《こだち》を弾《はじ》き飛《と》ばした。

落下《らっか》したコナンを和葉《かずは》が両腕《りょううで》でキャッチし、そのまま座《すわ》り込《こ》む。

「行《い》け――！　服部《はっとり》っ!!」

「平次《へいじ》――っ!!」

コナンと和葉《かずは》が叫《さけ》ぶと、平次《へいじ》はニヤリと笑《わら》い、瓦《かわら》に突《つ》き刺《さ》した刀《かたな》に寄《よ》りかかってゆっくりと立《た》ち上《あ》がった。そして刀《かたな》を抜《ぬ》いて構《かま》える。

でぇや！　と走《はし》り出《だ》した平次《へいじ》に、西条《さいじょう》も右手《みぎて》の刀《かたな》を振《ふ》り上《あ》げて向《む》かってきた。

振《ふ》り下《お》ろされた西条《さいじょう》の刀《かたな》を、平次《へいじ》がすくい上《あ》げるように斬《き》る。バキン！　と折《お》れた西条《さいじょう》の刀《かたな》が宙《ちゅう》を飛《と》ぶと同時《どうじ》に、平次《へいじ》は刀《かたな》の峰《みね》を西条《さいじょう》の腹《はら》に叩《たた》き込《こ》んだ。

ぐぉっ……！　と顔《かお》をゆがませた西条《さいじょう》がのけぞり、そのまま倒《たお》れてズルズルと屋根《やね》を滑《すべ》っていく。平次《へいじ》はとっさに西条《さいじょう》の足首《あしくび》をつかんだ。西条《さいじょう》の頭《あたま》がダラリと屋根《やね》の端《はし》から垂《た》れ下《さ》がって、止《と》まる。

「義経《よしつね》になりたかった弁慶《べんけい》か……」

気絶《きぜつ》している西条《さいじょう》を見《み》つめ、平次《へいじ》は立《た》ち上《あ》がった。

「あんたが弁慶《べんけい》やったら、義経《よしつね》は安宅《あたか》の関《せき》で切《き》り殺《ころ》されてんで」

本堂《ほんどう》の下《した》に集《あつ》まっていた弟子《でし》たちは、屋根《やね》から垂《た》れ下《さ》がる西条《さいじょう》の頭《あたま》を見《み》てがく然《ぜん》とした。

「師匠《ししょう》がやられた！」

と逃《に》げ出《だ》す弟子《でし》たちの前《まえ》に、中門《ちゅうもん》から走《はし》ってきた蘭《らん》、小五郎《こごろう》、白鳥《しらとり》が現《あらわ》れる。

「はあ——っ!!」

蘭《らん》は斬《き》りかかる弟子《でし》の刀《かたな》の下《した》をくぐり、顔面《がんめん》に回《まわ》し蹴《げ》りを食《く》らわせた。次々《つぎつぎ》と襲《おそ》いかかる弟子《でし》たちを蹴《け》りでぶっ飛《と》ばしていく。

小五郎《こごろう》も弟子《でし》の一人《ひとり》をつかまえて「でやーーっ!!」と一本背負《いっぽんぜお》いを決《き》めた。

白鳥《しらとり》は気絶《きぜつ》して倒《たお》れた弟子《でし》たちに近《ちか》づき、よろよろと起《お》き上《あ》がる弟子《でし》の一人《ひとり》を薪《まき》で「エイッ！」と叩《たた》いた。再《ふたた》び倒《たお》れる弟子《でし》を見《み》て、フフンと髪《かみ》をかき上《あ》げる。

「全員《ぜんいん》、逮捕《たいほ》や！」

遅《おく》れて駆《か》けつけた綾小路《あやのこうじ》が、警官《けいかん》たちに指示《しじ》をした。

鐘楼《しょうろう》の前《まえ》で西条《さいじょう》の弟子《でし》たちが捕《と》らえられるのを見《み》ていた和葉《かずは》は、ニッコリと微笑《ほほえ》んだ。

「よかったな、コナン君《くん》」

「うん！」

和葉《かずは》が「でも」と眉根《まゆね》を寄《よ》せる。

「さっき平次《へいじ》のこと、服部《はっとり》って呼《よ》び捨《す》てにしたやろ」

「ごめんなさい……つい、興奮《こうふん》しちゃって」

コナンが頭《あたま》をかきながら言《い》うと、平次《へいじ》が本堂《ほんどう》の階段《かいだん》をおりてきた。

「平次《へいじ》や！」

和葉《かずは》が嬉《うれ》しそうに駆《か》け寄《よ》っていく。

向《む》かい合《あ》う二人《ふたり》を見《み》たコナンは、そのまま本堂《ほんどう》の屋根《やね》を見上《みあ》げた。

屋根《やね》の上《うえ》では、二人《ふたり》の警官《けいかん》が気絶《きぜつ》した西条《さいじょう》を抱《だ》きかかえている。

「この寺《てら》……」

コナンはサッカーボールを蹴《け》り下《お》ろしたときのことを思《おも》い出《だ》した。

空高《そらたか》く飛《と》んだときに、寺《てら》の全景《ぜんけい》が見下《みお》ろせたのだ。

庫裏《くり》、本堂《ほんどう》、道場《どうじょう》、それらをつなぐ渡《わた》り廊下《ろうか》。

そして、鐘楼《しょうろう》——……。

「これで全部《ぜんぶ》、謎《なぞ》は解《と》けた」

背後《はいご》からフウ……と息《いき》をつく音《おと》が聞《き》こえて振《ふ》り返《かえ》ると、阿笠博士《あがさはかせ》と灰原《はいばら》が立《た》っていた。

「どうやら、薬《くすり》の効《き》き目《め》は一過性《いっかせい》のものだったようじゃな」

「まぁ、おかげでまた貴重《きちょう》なデータを集《あつ》められたけど」

灰原《はいばら》の相変《あいか》わらずの皮肉《ひにく》っぷりに、コナンはハハ……と苦笑《にがわら》いした。


「大丈夫《だいじょうぶ》なん、平次《へいじ》？」

和葉《かずは》が心配《しんぱい》そうな顔《かお》をすると、平次《へいじ》は「何《なん》とかな」と答《こた》えた。

「そやけど、仏像《ぶつぞう》は一体《いったい》どこに……」

コナンがコホン！　と咳払《せきばら》いをして、平次《へいじ》に笑《え》みを送《おく》る。

「……？」

わけがわからず平次《へいじ》がきょとんとしていると、蘭《らん》が歩《あゆ》み寄《よ》ってきた。

「服部君《はっとりくん》、新一《しんいち》……」

と言《い》いかけて、ハッと口《くち》をつぐむ。

「ん？　何《なん》や？」

「あ、ううん。いいの」

蘭《らん》は首《くび》を振《ふ》ると、夜空《よぞら》を見上《みあ》げた。

森《もり》の中《なか》で新一《しんいち》に出会《であ》ったと思《おも》ったけれど、気《き》づいたら眠《ねむ》っていたし……冷静《れいせい》に考《かんが》えたら、新一《しんいち》が京都《きょうと》にいるわけがない。

（やっぱり、あれは夢《ゆめ》だったんだ……）

ぼんやりと遠《とお》くを眺《なが》める蘭《らん》の後《うし》ろ姿《すがた》を、コナンは切《せつ》なげに見《み》つめた。

空《そら》に薄《うす》くかかった雲《くも》からは月《つき》がおぼろに顔《かお》を出《だ》し、担架《たんか》で運《はこ》ばれる西条《さいじょう》や警官《けいかん》に連行《れんこう》される弟子《でし》たちを照《て》らし出《だ》す。

本堂《ほんどう》の前《まえ》に立《た》ったコナンたちが見守《みまも》る中《なか》、事件《じけん》は終結《しゅうけつ》へと向《む》かっていた――。

11

翌日《よくじつ》。早朝《そうちょう》に帰《かえ》り支度《じたく》をした小五郎《こごろう》たちは、境内《けいだい》で円海《えんかい》と竜円《りゅうえん》に挨拶《あいさつ》をした。

「ホントに面目《めんぼく》ない。仏像《ぶつぞう》の在《あ》り処《か》を突《つ》き止《と》められなくて」

小五郎《こごろう》が申《もう》し訳《わけ》なさそうに頭《あたま》をかくと、円海《えんかい》は「いやいや」と微笑《ほほえ》んだ。

「これも仏様《ほとけさま》がお決《き》めになったことじゃ。気《き》にすることはありません」

「どうぞ皆《みな》さん、お気《き》をつけて」

竜円《りゅうえん》が軽《かる》く会釈《えしゃく》をして、小五郎《こごろう》たちも頭《あたま》を下《さ》げた。コナンが「さよなら」と手《て》を振《ふ》る。

頭《あたま》を上《あ》げた円海《えんかい》と竜円《りゅうえん》は、笑顔《えがお》で小五郎《こごろう》たちを見送《みおく》った。

本堂《ほんどう》に戻《もど》った円海《えんかい》は慌《あわ》てる様子《ようす》もなく、いつもと変《か》わらぬ落《お》ち着《つ》いた足取《あしど》りで厨子《ずし》へと向《む》かった。その後《うし》ろを、浮《う》かぬ顔《かお》をした竜円《りゅうえん》がついていく。

「そやけど、困《こま》りましたなぁ……ご開帳《かいちょう》まであと一時間《いちじかん》しかあらしません」

「なあに、ありのままを見《み》したらええんや」

二人《ふたり》は厨子《ずし》への階段《かいだん》を上《あ》がり、扉《とびら》に手《て》をかけた。観音開《かんのんびら》きの扉《とびら》が開《ひら》き、厨子《ずし》の中《なか》を見《み》た二人《ふたり》があっと驚《おどろ》く。

二体《にたい》の菩薩像《ぼさつぞう》の間《あいだ》に、ないはずの薬師如来像《やくしにょらいぞう》が置《お》かれていたのだ。

「や、薬師如来様《やくしにょらいさま》が！　お帰《かえ》りになったはります‼」

左手《ひだりて》に薬壷《やっこ》を持《も》ち柔和《にゅうわ》な笑《え》みを浮《う》かべる薬師如来像《やくしにょらいぞう》の眉間《みけん》には水晶玉《すいしょうだま》がはめられ、その光背《こうはい》にはつばが裂《さ》けた野球帽《やきゅうぼう》がかぶせられていた。


数時間前《すうじかんまえ》の未明《みめい》。コナンと平次《へいじ》はこっそり玉龍寺《ぎょくりゅうじ》に戻《もど》っていた。境内《けいだい》に立《た》っている警官《けいかん》たちの目《め》をくぐり抜《ぬ》けて鐘楼《しょうろう》の中《なか》に入《はい》っていくと、平次《へいじ》はハシゴに登《のぼ》って天井板《てんじょういた》を外《はず》した。

すると、目《め》の前《まえ》にあったのは薬師如来像《やくしにょらいぞう》だった。

「あったで、工藤《くどう》！」

「オレの言《い》ったとおりだろ？」

ハシゴを見上《みあ》げたコナンが誇《ほこ》らしげに鼻《はな》をふくらます。

平次《へいじ》は薬師如来像《やくしにょらいぞう》を抱《かか》え、ゆっくりとハシゴを下《お》りた。

「まさか寺《てら》の形《かたち》が『玉《たま》』になっとって、点《てん》の位置《いち》に鐘楼《しょうろう》が来《き》てるとは、さすがのオレも気《き》イつかへんかったわ」

サッカーボールを蹴《け》り下《お》ろしたとき、コナンは寺《てら》の全景《ぜんけい》を見《み》ることができた。庫裏《くり》、本《ほん》堂《どう》、道場《どうじょう》と平行《へいこう》に並《なら》んだ三《みっ》つの建物《たてもの》の中央《ちゅうおう》が渡《わた》り廊下《ろうか》でつながっていて、それを上《うえ》から見《み》るとまさに『王《おう》』の字《じ》だったのだ。そして、本堂《ほんどう》と道場《どうじょう》の間《あいだ》に建《た》つ鐘楼《しょうろう》を足《た》すと、『玉《たま》』になった。

「『玉《たま》』に〈うかんむり〉をつけると、『宝《たから》』になるだろ？〈うかんむり〉は屋根《やね》を示《しめ》していたんだ」

「なるほどな」

平次《へいじ》はポケットから取《と》り出《だ》した巾着《きんちゃく》の口《くち》を広《ひろ》げ、水晶玉《すいしょうだま》を手《て》のひらにのせた。そしてつまんだ水晶玉《すいしょうだま》を薬師如来像《やくしにょらいぞう》の眉間《みけん》の穴《あな》にはめ込《こ》む。

「これで元通《もとどお》りや」

「ああ……」

八年《はちねん》ぶりに戻《もど》った水晶玉《すいしょうだま》は、白毫《びゃくごう》が光《ひかり》を放《はな》つかのようにキラリと光《ひか》った。

竜円《りゅうえん》が呆然《ぼうぜん》と目《め》の前《まえ》の薬師如来像《やくしにょらいぞう》を見《み》つめていると、円海《えんかい》はかぶさった野球帽《やきゅうぼう》を取《と》った。

「あの二人《ふたり》、ええコンビやったなぁ……まるで、義経《よしつね》と弁慶《べんけい》みたいやった」

「はあ……？　服部少年《はっとりしょうねん》と毛利探偵《もうりたんてい》のことですか？」

「まだまだ修行《しゅぎょう》が足《た》りんみたいやなぁ」

円海《えんかい》はつばを後《うし》ろにして野球帽《やきゅうぼう》をかぶると、ホッホッホ……と笑《わら》いながら階段《かいだん》をおりていった。

京都駅《きょうとえき》に着《つ》いたコナンたちは阿笠博士《あがさはかせ》や子《こ》どもたちと合流《ごうりゅう》し、新幹線《しんかんせん》のホームに向《む》かった。ホームには東京《とうきょう》へ戻《もど》る白鳥《しらとり》の他《ほか》に、綾小路《あやのこうじ》と千賀鈴《ちかすず》が見送《みおく》りに来《き》ていた。

「はい、次《つぎ》は歩美《あゆみ》ちゃんどうぞ」

光彦《みつひこ》からシマリスを受《う》け取《と》った歩美《あゆみ》は、「かわいいよね～」とシマリスに頬《ほお》ずりをした。

「連《つ》れて帰《かえ》っちゃおうかなぁ♡」

歩美《あゆみ》の言葉《ことば》を聞《き》いた綾小路《あやのこうじ》が近《ちか》づいて、しゃがみ込《こ》む。

「あきません！　一番《いちばん》の親友《しんゆう》なんやから」

「警部《けいぶ》さん、もしかして人間《にんげん》のお友達《ともだち》少《すく》ないの？」

図星《ずぼし》を突《つ》かれた綾小路《あやのこうじ》は「う……」と言葉《ことば》を詰《つ》まらせた。すると、小五郎《こごろう》が綾小路《あやのこうじ》と千《ち》賀鈴《かすず》に歩《あゆ》み寄《よ》ってきた。

「いやぁ、お二人《ふたり》とも犯人《はんにん》呼《よ》ばわりしてスミマセンでした」

「よろしおす。ホンマはうち、父親《ちちおや》が誰《だれ》か知《し》ってて、うちの方《ほう》からもうお金《かね》は送《おく》らんでええと言《い》うたんです」

小五郎《こごろう》、白鳥《しらとり》、綾小路《あやのこうじ》が「え!?」と声《こえ》を上《あ》げる。

「ち、父親《ちちおや》って!?」「誰《だれ》ですか!?」

小五郎《こごろう》と白鳥《しらとり》がたずねると、千賀鈴《ちかすず》はニッコリと微笑《ほほえ》んだ。

「内緒《ないしょ》どす」

と、顔《かお》の前《まえ》で手《て》を合《あ》わせて拝《おが》む。そのしぐさを見《み》たとたん、三人《さんにん》の頭《あたま》に円海《えんかい》の顔《かお》が思《おも》い浮《う》かんだ。捜査《そうさ》をかき乱《みだ》された悔《くや》しさと怒《いか》りが一気《いっき》にこみ上《あ》げてくる。

「あんのクッソ坊主《ぼうず》～～～ッ!!」

怒《いか》りに震《ふる》える三人《さんにん》を見《み》て、千賀鈴《ちかすず》はクスクスと笑《わら》った。

その様子《ようす》を少《すこ》し離《はな》れたところでコナンが見《み》ていると、平次《へいじ》の隣《となり》にいた和葉《かずは》は手鞠唄《てまりうた》を口《くち》ずさんだ。

「まるたけえびすにおしおいけ～♪　よめさんろっかく……」

「嫁《よめ》さんやのうて姉《あね》さんや、ボケ！」

歌詞《かし》の間違《まちが》いを突《つ》っ込《こ》んだ平次《へいじ》は、「おまえ、その唄《うた》どこで覚《おぼ》えてん？」とたずねた。

「京都《きょうと》の親戚《しんせき》の家《うち》やけど……小学三年《しょうがくさんねん》のときやったかな。あんたと遊《あそ》びに行《い》ったときに教《おし》えてもろてん」

「オレと？」

「何《なん》や、覚《おぼ》えてへんの？」

和葉《かずは》は眉《まゆ》をひそめた。

「そうか、アタシの支度《したく》ができきんのを待《ま》ちきれんかって、山能寺《さんのうじ》の方《ほう》に遊《あそ》びに行《い》くゆうて出《で》ていってしもたもんな。あんとき、アタシ着物着《きものき》せてもろとってん……髪《かみ》も結《ゆ》うてもろて、ちょっと化粧《けしょう》もしてな。そんでアンタ捜《さが》しに山能寺《さんのうじ》に行《い》ったんやけど、どこにもおらへんからしばらく鞠《まり》ついて帰《かえ》ってん」

当時《とうじ》のことを思《おも》い出《だ》した和葉《かずは》は、胸《むね》の前《まえ》で両手《りょうて》を組《く》んでうっとりとした。

「ホンマ、アンタにも見《み》せたかったわ。桜《さくら》の花《はな》びらが舞《ま》っとってメッチャきれいやったんやで」

和葉《かずは》の話《はなし》を聞《き》いた平次《へいじ》は、あ……と目《め》を見開《みひら》いた。

その脳裏《のうり》に、八年前《はちねんまえ》の記憶《きおく》がよみがえる。

『まるたけえびすにおしおいけ～♪　よめさんろっかくたこにしき～♪』

舞《ま》い散《ち》る桜《さくら》の下《した》で、鞠《まり》をつきながら手鞠唄《てまりうた》を口《くち》ずさんでいた着物姿《きものすがた》の少女《しょうじょ》。

その少女《しょうじょ》の顔《かお》が、和葉《かずは》と重《かさ》なる――――。

「……やっと会《あ》えたっちゅうわけか」

穏《おだ》やかな表情《ひょうじょう》でつぶやく平次《へいじ》に、和葉《かずは》が「えっ!?」と振《ふ》り向《む》いた。

「会《あ》えた？　初恋《はつこい》の人《ひと》に会《あ》えたん、平次《へいじ》!?　誰《だれ》？　あの舞妓《まいこ》さん!?」

と詰《つ》め寄《よ》る和葉《かずは》に、平次《へいじ》がとぼけた顔《かお》を近《ちか》づける。

「おまえには一生教《いっしょうおし》えたるか、ボケ！」

「ええやん、ケチ！　教《おし》えてな！」

「そやな、まあ千五百年《せんごひゃくねん》くらい経《た》ったら教《おし》えてやってもええで」

「何《なん》やそれ！」

へへーんだ、と平次《へいじ》が笑《わら》う。互《たが》いに憎《にく》まれ口《ぐち》を叩《たた》きながらもじゃれ合《あ》う二人《ふたり》を微笑《ほほえ》ましく見《み》ていた蘭《らん》は、フッと目線《めせん》を外《はず》し、寂《さび》しげな表情《ひょうじょう》をした。

そんな蘭《らん》を見《み》て、コナンがそっと近《ちか》づく。そして持《も》っていたコーラの缶《かん》をシャカシャカ振《ふ》り、プルトップを開《あ》けた。

「わっ！」

コナンの顔《かお》に、噴《ふ》き出《だ》したコーラが思《おも》いきりかかる。

「コナン君《くん》、何《なに》やってんの？」

上着《うわぎ》のポケットからハンカチを取《と》り出《だ》した蘭《らん》は、コナンの顔《かお》を拭《ふ》こうとした。が、ハンカチに何《なに》かついているのに気《き》づく。

それは、こげ茶色《ちゃいろ》のファンデーションだった。

「……し、新一《しんいち》……」

蘭《らん》は、鞍馬山《くらまやま》で新一《しんいち》の顔《かお》を拭《ふ》いたことを思《おも》い出《だ》した。

まさか……あれは夢《ゆめ》じゃなかったの……？

蘭《らん》がハンカチを見《み》つめていると、コナンが「あ、そう言《い》えば」と口《くち》を開《ひら》いた。

「ボク、新一兄《しんいちにい》ちゃんに電話《でんわ》したんだ！　平次兄《へいじにい》ちゃんのフリして、和葉姉《かずはねえ》ちゃんを助《たす》けてって！　ね？」

と平次《へいじ》を振《ふ》り返《かえ》る。

「あ、ああ……そやけどアイツ、メッチャ弱《よわ》てなァ、途中《とちゅう》で逃《に》げよったんや！」

とっさに話《はなし》を合《あ》わせる平次《へいじ》の横《よこ》で、和葉《かずは》が不満《ふまん》そうな顔《かお》をした。

「自分《じぶん》で誰《だれ》にも言《い》うなって言《い》うてたくせに……」

平次《へいじ》の説明《せつめい》を聞《き》いた蘭《らん》は、再《ふたた》びハンカチを見《み》つめた。

（そっか……やっぱり……やっぱりあれ、新一《しんいち》だったんだ……）

月明《つきあ》かりに照《て》らされた新一《しんいち》の顔《かお》を思《おも》い浮《う》かべた蘭《らん》は、頬《ほお》を赤《あか》らめた。

（やっと会《あ》えたね……）

コナンは口元《くちもと》のコーラを袖口《そでぐち》でぬぐいながら、笑顔《えがお》になった蘭《らん》を嬉《うれ》しそうに見《み》つめた。


新幹線《しんかんせん》に乗《の》って一時間半《いちじかんはん》ほど経《た》つと左手《ひだりて》に富士《ふじ》の裾野《すその》が見《み》えてきて、二列席《にれっせき》の窓側《まどがわ》に座《すわ》った園子《そのこ》はハァ……と大《おお》きなため息《いき》をついてうなだれた。

その隣《となり》には蘭《らん》、さらに通路《つうろ》をはさんだ三列席《さんれっせき》には通路側《つうろがわ》からコナン、灰原《はいばら》、阿笠博士《あがさはかせ》が座《すわ》っている。昨夜《ゆうべ》ほとんど寝《ね》ていなかったコナンは、ひじ掛《か》けに頬杖《ほおづえ》をついて眠《ねむ》っていた。

「結局《けっきょく》、会《あ》いたい人《ひと》に会《あ》えないのはわたしだけか……」

「園子《そのこ》もそのうち京極《きょうごく》さんに会《あ》えるよ、きっと」

蘭《らん》の励《はげ》ましに、園子《そのこ》は「でもなぁ」と顔《かお》を上《あ》げた。

「わたし、人《ひと》を待《ま》つのって苦手《にがて》なんだよね。蘭《らん》だってそうでしょ？」

「あら、わたしは人《ひと》を待《ま》つのって嫌《きら》いじゃないよ。だって長《なが》く待《ま》てば待《ま》つほど、会《あ》えたときに……」

蘭《らん》は園子《そのこ》から視線《しせん》をそらして見上《みあ》げた。そして新一《しんいち》のことを思《おも》い出《だ》す。

三年前《さんねんまえ》、美術館《びじゅつかん》に大遅刻《だいちこく》して現《あらわ》れたときの、申《もう》し訳《わけ》なさそうな新一《しんいち》。

そして昨夜《さくや》、鞍馬山《くらまやま》で会《あ》ったときの新一《しんいち》。

『同《おな》じ顔《かお》だな、あのときと……』

あのとき、新一《しんいち》は蘭《らん》の顔《かお》を見《み》て、確《たし》かにそう言《い》った。

新一《しんいち》も、覚《おぼ》えていたのだ。美術館《びじゅつかん》に遅刻《ちこく》したときのことを。そして、そのときの蘭《らん》の表《ひょう》情《じょう》を……。

「……嬉《うれ》しいじゃない？」

頬《ほお》を赤《あか》らめて答《こた》える蘭《らん》に、園子《そのこ》は「あ〜クソ」と頬杖《ほおづえ》をついた。

「今《いま》の言葉《ことば》、工藤君《くどうくん》に聞《き》かせてやりたいよ！」

ひじ掛《か》けに頬杖《ほおづえ》をついて眠《ねむ》っていたコナンは、ガクッとひじが落《お》ちて目《め》が覚《さ》めた。

「フニャ……？」

メガネがずり落《お》ちた寝《ね》ぼけ顔《がお》に、隣《となり》で雑誌《ざっし》を読《よ》んでいた灰原《はいばら》はフッと微笑《ほほえ》んだ。


【おわり】

Shogakukan Junior Bunko

★小学館ジュニア文庫★

名探偵コナン 迷宮の十字路《クロスロード》

2015年 1月26日 初版第1刷発行
2018年 2月12日 第8刷発行

著者／水稀しま
原作／青山剛昌
脚本／古内一成

発行人／立川義剛
編集人／吉田憲生
口絵構成／内野智子
編集／伊藤 澄

発行所／株式会社 小学館
〒101-8001 東京都千代田区一ツ橋2－3－1
電話 編集 03-3230-5105
販売 03-5281-3555

印刷・製本／加藤製版印刷株式会社

カバーデザイン／黒沢卓哉＋ベイブリッジ・スタジオ

Printed in Japan ISBN 978-4-09-230791-9

〈大人気!「名探偵コナン」シリーズ〉

名探偵コナン　瞳の中の暗殺者

名探偵コナン　天国へのカウントダウン
名探偵コナン　迷宮の十字路
名探偵コナン　銀翼の奇術師
名探偵コナン　水平線上の陰謀
名探偵コナン　探偵たちの鎮魂歌
名探偵コナン　紺碧の棺
名探偵コナン　戦慄の楽譜
名探偵コナン　漆黒の追跡者
名探偵コナン　天空の難破船
名探偵コナン　沈黙の15分
名探偵コナン　11人目のストライカー
名探偵コナン　絶海の探偵
名探偵コナン　異次元の狙撃手
名探偵コナン　業火の向日葵
名探偵コナン　純黒の悪夢
名探偵コナン　から紅の恋歌

ルパン三世VS名探偵コナン　THE MOVIE
名探偵コナン　江戸川コナン失踪事件 史上最悪の二日間
名探偵コナン　コナンと海老蔵 歌舞伎十八番ミステリー
名探偵コナン　エピソード"ONE" 小さくなった名探偵
小説 名探偵コナン　CASE1〜4

次はどれにする？　おもしろくて楽しい新刊が、続々登場!!

★小学館ジュニア文庫★ ワクワク、ドキドキがいっぱいのラインナップ

〈ジュニア文庫でしか読めないオリジナル〉

いじめ 14歳のMessage
お悩み解決！ ズバッと同盟 長女VS妹、仁義なき戦い!?
お悩み解決！ ズバッと同盟 おしゃれコーデ、対決!?
緒崎さん家の妖怪事件簿
緒崎さん家の妖怪事件簿 桃×団子パニック！
緒崎さん家の妖怪事件簿 狐×迷子パレード！
華麗なる探偵アリス&ペンギン
華麗なる探偵アリス&ペンギン ワンダー・チェンジ！
華麗なる探偵アリス&ペンギン ミラー・ラビリンス
華麗なる探偵アリス&ペンギン サマー・トレジャー
華麗なる探偵アリス&ペンギン トラブル・ハロウィン
華麗なる探偵アリス&ペンギン ペンギン・パニック！
華麗なる探偵アリス&ペンギン ミステリアス・ナイト
華麗なる探偵アリス&ペンギン アリスVS.ホームズ
華麗なる探偵アリス&ペンギン アラビアン・デート
華麗なる探偵アリス&ペンギン パーティ・パーティ

きんかつ！
きんかつ！ 恋する妖怪と舞姫の秘密
ギルティゲーム
ギルティゲーム stage2 無限駅からの脱出
ギルティゲーム stage3 ペルセポネー号の悲劇
ギルティゲーム stage4 ギロンパ帝国へようこそ！

銀色☆フェアリーテイル ①あたしだけが知らない街
銀色☆フェアリーテイル ②きみだけに贈る歌
銀色☆フェアリーテイル ③夢、それぞれの未来
ぐらん×ぐらんぱ！ スマホジャック
ぐらん×ぐらんぱ！ スマホジャック ～恋の一騎打ち～
12歳の約束

白魔女リンと3悪魔
白魔女リンと3悪魔 フリージング・タイム
白魔女リンと3悪魔 レイニー・シネマ
白魔女リンと3悪魔 スター・フェスティバル
白魔女リンと3悪魔 ダークサイド・マジック
白魔女リンと3悪魔 フルムーン・パニック
白魔女リンと3悪魔 エターナル・ローズ
天才発明家ニコ&キャット
天才発明家ニコ&キャット キャット、月に立つ！
謎解きはディナーのあとで
のぞみ、出発進行!!
バリキュン!!
ホルンペッター
さくら×ドロップ レシピ1：チーズハンバーグ
ちえり×ドロップ レシピ1：マカロニグラタン
みさと×ドロップ レシピ1：チェリーパイ

ミラチェンタイム☆ミラクルらみぃ
メデタシエンド。〜ミッションはおとぎ話のお姫さま……のメイド役!?〜
メデタシエンド。〜ミッションはおとぎ話の赤ずきん……の猟師役!?〜

もしも私が【星月ヒカリ】だったら。
ゆめ☆かわ ここあのコスメボックス

夢は牛のお医者さん
螺旋のプリンセス

〈思わずうるうる…感動ストーリー〉

きみの声を聞かせて　猫たちのものがたり―まぐ・ミクロ・まる―
こむぎといつまでも―余命宣告を乗り越えた奇跡の猫ものがたり―
世界からボクが消えたなら　映画「世界から猫が消えたなら」キャベツの物語
世界から猫が消えたなら
世界の中心で、愛をさけぶ
天国の犬ものがたり〜ずっと一緒〜
天国の犬ものがたり〜わすれないで〜
天国の犬ものがたり〜未来〜
天国の犬ものがたり〜夢のバトン〜
天国の犬ものがたり〜ありがとう〜
天国の犬ものがたり〜天使の名前〜
天国の犬ものがたり〜僕の魔法〜

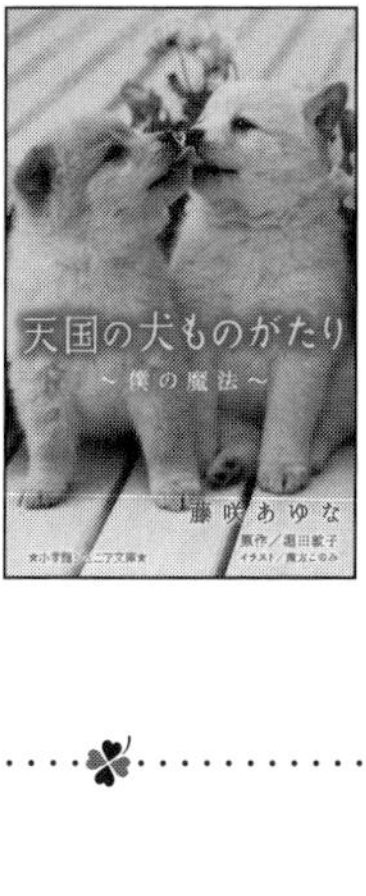

動物たちのお医者さん
わさびちゃんとひまわりの季節

次はどれにする？　おもしろくて楽しい新刊が、続々登場!!

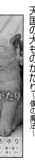

★小学館ジュニア文庫★ ワクワク、ドキドキがいっぱいのラインナップ

〈背筋がゾクゾクするホラー&ミステリー〉

怪奇探偵カナちゃん
恐怖学校伝説
恐怖学校伝説 絶叫怪談
こちら魔王110番！
リアル鬼ごっこ
ニホンブンレツ（上）（下）
ブラック

〈みんな大好き♡ディズニー作品〉

ディズニーツムツムの大冒険 ～トキメキ パティシエ・パーティ～

美女と野獣 ～運命のとびら～（上）（下）

〈時代をこえた面白さ!! 世界名作シリーズ〉

小公女セーラ
小公子セドリック
トム・ソーヤの冒険
フランダースの犬
オズの魔法使い
坊っちゃん
家なき子
あしながおじさん
赤毛のアン（上）（下）
ピーターパン

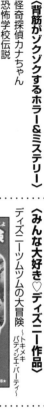